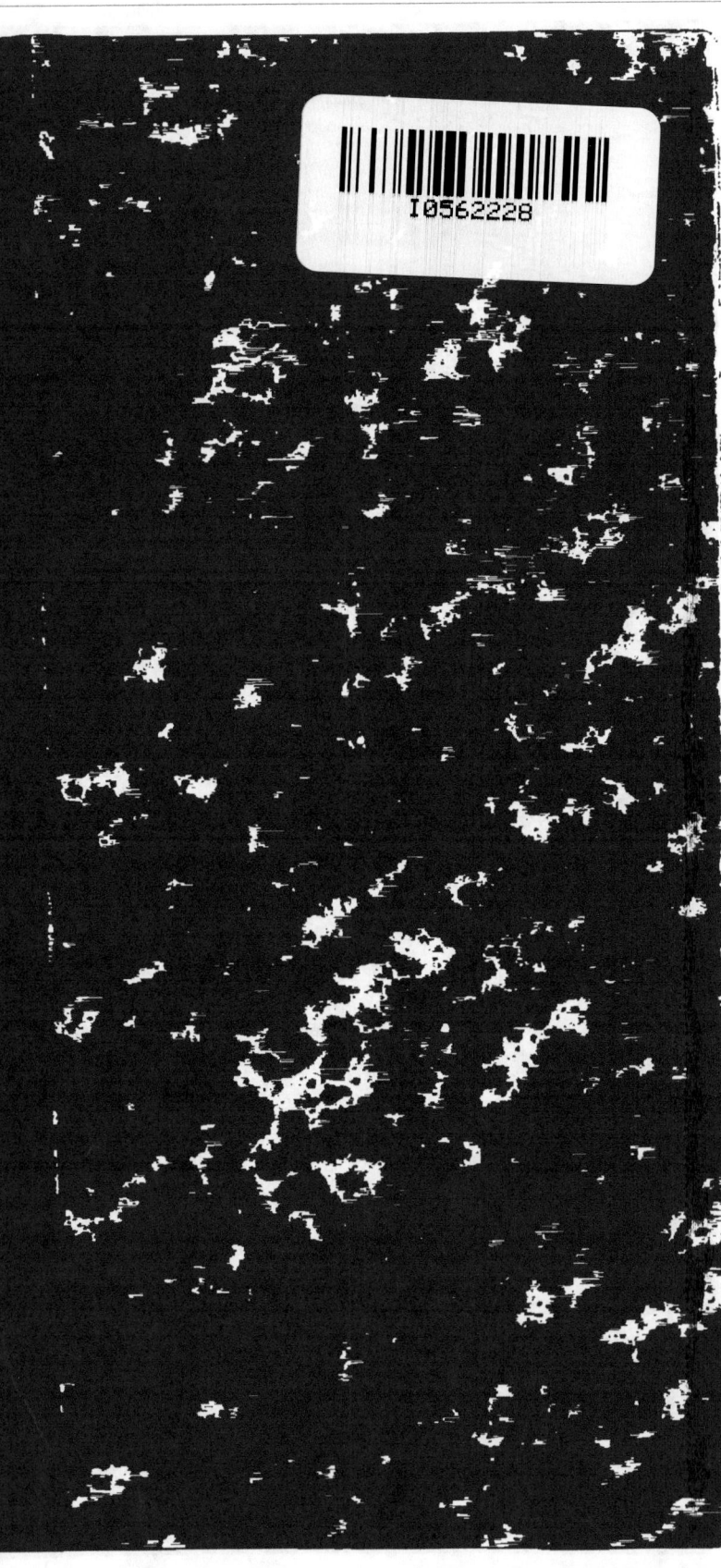

I0562228

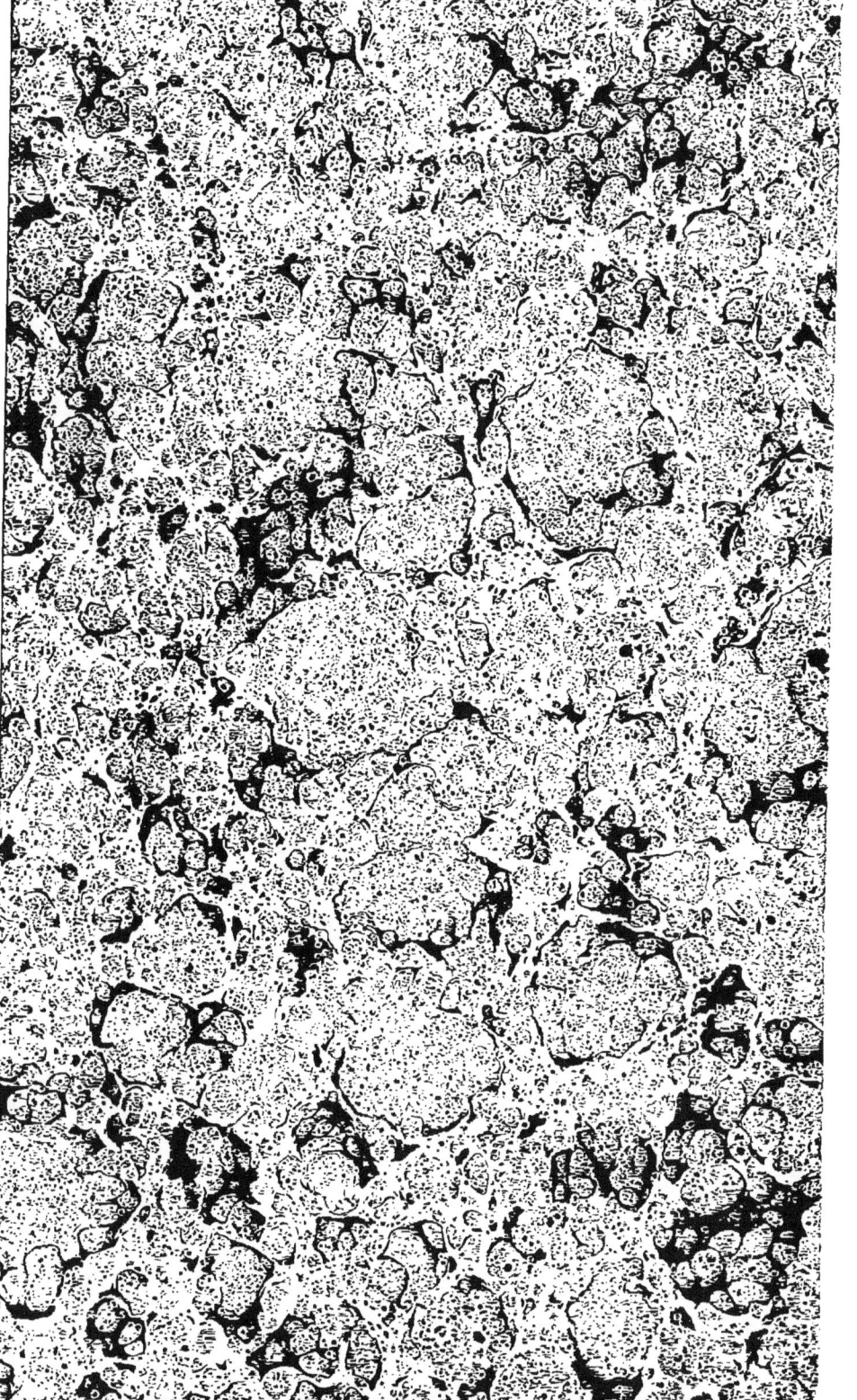

Z 990
Bg.

A conservatio

LETTRES

PORTUGAISES.

LETTRES

PORTUGAISES.

NOUVELLE ÉDITION,

CONFORME A LA 1ʳᵉ. (PARIS, CL. BARBIN, 1669),

AVEC

Une Notice bibliographique sur ces Lettres.

PARIS,

CHEZ FIRMIN DIDOT, PÈRE ET FILS,

LIBRAIRES, RUE JACOB, Nᵒ 24.

IMPRIMERIE DE FIRMIN DIDOT, IMPRIMEUR DU ROI.

1824.

NOTICE

BIBLIOGRAPHIQUE.

M. DELANCE, imprimeur-libraire, a placé à la tête de l'édition qu'il a publiée de ces Lettres (Paris, 1796) une notice de M. l'abbé Mercier de Saint-Léger; et dans sa réimpression du même livre, en 1806, il a ajouté des notes de M. Barbier.

Ces deux bibliographes si distingués sont cependant tombés, selon moi, dans une erreur au sujet de cet ouvrage, faute d'avoir attentivement examiné les premières éditions. Je me permettrai de relever ici cette erreur, pour l'intérêt de la littérature et du public; c'est ce motif seul qui m'a déterminé à donner cette édition.

M. l'abbé de Saint-Léger dit (pag. v, éd. de 1806): « La plus ancienne édition, « qui en suppose pourtant une antérieure « qui a disparu, puisque nous n'avons « pu la retrouver nulle part, est celle de « Claude Barbin, 1669, in-12 de 182 « pages, gros caractères, portant au « titre, *traduites en français*, et *seconde* « *édition*. Elle ne contient que cinq let- « tres. » M. Barbier ajoute en note que « la Bibliothèque royale possède un « exemplaire de cette première édition. » Je connais cet exemplaire.

J'ai eu le bonheur de faire l'acquisition, à Copenhague, d'un exemplaire de l'édition in-12 de Pierre Marteau à Cologne, *sans date*, que je croirais volontiers être *cette édition antérieure* qui a disparu, et ainsi la première de toutes celles qu'on a faites de cet ouvrage. Mais comme elle est en tout, même dans l'avis au lecteur, parfaitement semblable à celle de Claude Barbin, de 1669, je pense qu'il est indifférent, et que, de plus, il serait impossible, après un si grand laps de temps, de vérifier laquelle des deux éditions est la première.

Je vais donner les signes caractéristiques de toutes les deux.

L'exemplaire que je possède de l'édition de Pierre Marteau (différente, comme on va voir, de celle qu'il donna depuis en 1678, et dont il est question dans le Catalogue de La Vallière, par Nyon, tome III, page 797), est un petit in-12 de 58 pages, petits caractères, contenant seulement cinq lettres, dont la première commence par les mots : « Con-« sidère, mon amour, etc. » Le titre est tel qu'il suit, en gros caractères :

LETTRES

D'UNE

RELIGIEUSE

PORTUGAISE.

TRADUITES

EN FRANÇAIS.

Pour ornement, une sphère armillaire, à Cologne, chez Pierre Marteau.

Dans les troisième et quatrième pages, on voit un avis au lecteur, en caractères italiques, ainsi conçu : « J'ai trouvé les « moyens, avec beaucoup de soin et de « peine, de recouvrer une *copie* correcte « de la traduction de *cinq* lettres portu-« gaises, qui ont été écrites à un gentil-« homme de qualité qui servait en Por-

« tugal. J'ai veu tous ceux qui se con-
« noissent en sentimens, ou les louer,
« ou les chercher avec tant d'empresse-
« ment, que j'ay crû que je leur ferois
« un singulier plaisir de les *imprimer.*
« Je ne sçay point le nom de celuy au
« quel on les a écrites, ni de celuy qui
« en a fait la traduction, mais il m'a
« semblé que je ne devois pas leur dé-
« plaire *en les rendant publiques.* Il est
« difficile qu'elles n'eussent enfin paru
« avec des fautes d'impression qui les
« eussent défigurées. »

Ensuite viennent les cinq lettres, dont
l'impression commence page 5, jusques
à la 58ᵉ et *fin.*

Ce livre est d'autant plus curieux,
qu'on y a ajouté et relié ensemble l'autre partie, dite *seconde partie,* des
Lettres portugaises, imprimée par le

même Pierre Marteau, aussi sans date, et la Réponse aux Lettres portugaises, imprimées par Jean - Baptiste Loyson, en 1671, dont je ferai mention ci-après.

Le titre est, pour cette partie, le même que le précédent que j'ai déja transcrit, et auquel on n'a ajouté que, *seconde partie*; ce qui a pu faire croire que les sept lettres qui y sont contenues étaient une suite des lettres de la religieuse : mais l'avis qui les précède annonce le contraire. Je vais l'ajouter ici :

« Au lecteur.

« Le bruit qu'a fait la traduction des « cinq Lettres portugaises a donné le « desir à quelques personnes de qualité « d'en traduire quelques nouvelles, qui « leur sont tombées entre les mains. Les « premières ont eu tant de cours dans

« le monde, que l'on devoit appréhen-
« der avec justice d'exposer celles-ci au
« public;»(le libraire avait raison et le
sentait bien) « mais comme *elles sont*
« *d'une femme du monde qui écrit d'un*
« *style différent de celuy d'une reli-*
« *gieuse*, j'ai crû que *cette différence*
« pourroit plaire, et que peut-être *l'ou-*
« *vrage* n'est pas si désagréable qu'on
« ne me sache gré de le donner au pu-
« blic. »

Cet ouvrage est dans le même format et les mêmes caractères que l'autre édition, et en comprenant le titre
et l'avis, et les sept lettres, de quarante-
sept pages, après lesquelles on trouve
le mot FIN.

L'édition première de Claude Barbin a pour ornement, une corbeille de
fleurs.

Et pour titre :

LETTRES

PORTUGAISES

TRADUITES

EN FRANÇAIS.

A Paris, chez Claude Barbin, au Palais, etc., M DC LXIX. Avec Privilége du Roy.

On trouve ensuite le même avis en italiques, que j'ai transcrit de l'édition des cinq lettres par Pierre Marteau. Le format est in-12, et de 182 pages pour le tout, et en gros caractères. Après le privilége du Roi, on lit : *Achevé d'imprimer, pour la première fois, le 4 janvier* 1669. *Registré à Paris, le* 17 *novembre* 1668.

La seconde édition de Claude Barbin porte le même titre que la première, en y ajoutant *seconde édition,* avec un différent ornement et la même date M. D. C. LXIX. Au reste, elle est de même format et a le même nombre de pages; de sorte que ce n'est , à proprement parler, qu'une réimpression. Mais Claude Barbin a ajouté à cette réimpression ce qu'il appelle Seconde partie des Lettres portugaises, qu'il a réunie dans un même volume avec la première. La Bibliothèque royale en possède un exemplaire.

Il y a placé le titre suivant :

LETTRES PORTUGAISES,

SECONDE PARTIE.

Pour ornement une corbeille de fleurs , à Paris , chez Claude Barbin, etc., M. D. C. LXIX. Vient après l'Avis au Lecteur tel qu'il est dans l'édition de Pierre Marteau , et que j'ai transcrit plus haut, pour les sept nouvelles Lettres qu'il publie *d'une*

Femme du Monde : le tout comprenant 151 pages, avec les mêmes gros
caractères ; et, après le privilége,
Barbin déclare l'avoir achevé d'imprimer pour la première fois, le 20 août
1669.

Après ces premières éditions on en
a publié plusieurs, qui ne méritent
guère qu'on en fasse mention, que
parce que c'est dans celles-là que l'on
commence à trouver l'erreur qui s'est
propagée ensuite, et que je vais relever.

On a pu voir d'après les deux avis
au lecteur, publiés par Pierre Marteau
et par Claude Barbin, que les *cinq*
premières Lettres sont les *seules* de la
religieuse portugaise, et que les sept
autres qui les ont suivies sont *d'une
Femme du Monde Portugaise :* je croi-

rais bien plutôt qu'elles sont de quelque auteur français, et qu'elles ont été écrites par pure spéculation de libraire, à cause du succès et du prompt débit des premières. Ainsi, je conçois à peine comment M. l'abbé de Saint-Léger a pu se méprendre au point de penser qu'elles ont été toutes écrites par la même religieuse, et de placer les sept dernières lettres, comme premières, dans l'édition de M. Delance, et comment M. Barbier a laissé subsister cette erreur dans la seconde édition du même libraire.

Ce qui m'étonne plus encore est que M. l'abbé de Saint-Léger pense que la seconde soi-disant partie (appelée par lui la première) *porte trop de caractères d'identité de style, d'originalité de fond, pour douter qu'elle soit*

aussi authentique (page vi de sa Notice, édition de 1806), tandis qu'en les
lisant plus attentivement , il y aurait
reconnu une extrême différence sous
tous les rapports.

D'abord pour le style : un Portugais,
ou celui qui connaîtra bien cette langue, ne pourra douter que les cinq lettres de la religieuse n'aient été traduites
presque littéralement d'après un original
portugais. La construction de plusieurs
phrases est telle que, si on les retra-
duit mot à mot en portugais, elles se
trouveront toutes dans le génie et le
caractère de cette langue. Au contraire,
les autres sept lettres sont entièrement
françaises , et ne portent aucune empreinte du style portugais.

Le terme de *mon amour*, en s'adres-
sant à son amant, comme on le lit dans

la première lettre de la religieuse , est entièrement portugais ; celui de *mon cher* , qui se répète souvent dans les sept autres, n'est pas employé de la même manière en Portugal.

Je pourrais remarquer d'autres choses , comme *mon domestique* , au lieu de mes domestiques (meus criados), ou *ma famille* (minha familia); ce qu'une religieuse ne peut dire , puisqu'elle n'a plus ni famille , ni maison à elle , ni domestiques ; mais cela suffit pour ce qui concerne le langage.

Je me permettrai d'ajouter qu'autant le style des cinq lettres est remarquable par la passion vraie et pleine de délicatesse qui les a dictées, autant celui des sept autres, que je regarde comme controuvées, est trivial, alambiqué, froid, et plein d'inconvenances telles,

qu'il est impossible de croire qu'une
dame d'une grande naissance, dont l'é-
ducation a été soignée, et qui doit avoir
eu le ton et le langage de la bonne compagnie, ait pu jamais les écrire. Je vais
rapporter ici quelques passages de ces
lettres qui suffiront pour donner une
idée de ce mélange d'affectation, de
recherche, de galimatias, et d'indé-
licatesse dans les sentiments et dans
les expressions.

« Quand mes regards sont trop lan-
« guissants, il me semble qu'ils ne ser-
« vent qu'à ma tendresse, et qu'ils vo-
« lent quelque chose à mon ardeur. S'ils
« sont trop vifs, ma langueur leur fait
« le même reproche, et, avec les actions
« du monde les plus parlantes, je crois
« n'en pas dire assez...... Mais vous ne
« vous êtes résolu à m'aimer avec peu

« d'empressement, que quand vous avez
« reconnu que *j'en avais* jusqu'à la fu-
« reur. Ce n'est pourtant pas *par tem-*
« *pérament* que vous êtes si retenu.....
« Et qui dirait en vous voyant si prompt
« à sortir de ma chambre, quand le dé-
« pit vous en chasse, que vous êtes si
« lent à y venir quand l'amour vous y
« appelle? » (Lettre Iʳᵉ, édition de Delance.)

Dans la seconde lettre elle exprime
sa jalousie à l'égard d'une Française,
en souhaitant que sa rivale soit au che-
vet du lit de son amant, et elle ajoute :
« J'aime si fort sa joie que je consens à
« la faire toute ma vie aux dépens de la
« mienne propre ; et si vous voulez ré-
« galer ce bel objet de la lecture de ma
« lettre, vous le pouvez faire. Ce que je
« vous écris ne sera pas inutile à l'avan-

« cement de vos affaires. J'ai un nom
« connu dans le royaume. » — Le reste
de la lettre est du même ton.

Lettre IV. « Quoi! vous serez tou-
« jours froid et paresseux ? Quoi! rien
« ne pourra troubler votre tranquillité?
« Que faut-il donc faire pour l'ébranler?
« — Faut-il se jeter dans les bras d'un
« rival à votre vue? »

Lettre V. « J'ai été jalouse, et quand
« on aime parfaitement, on n'est point
« sans jalousie; mais je n'ai jamais été
« *brutale.* » — Dans un autre endroit :
« Vous ne me verrez plus, dites-vous;
« vous sortez de Lisbonne, de peur
« d'être assez malheureux de me ren-
« contrer, et *vous poignarderiez le*
« *meilleur de vos amis* s'il vous fai-
« sait la trahison de vous amener chez
« moi. » On retrouve le même lan-

gage dans d'autres endroits de cette
lettre.

Lettre VI. « Je vous ai vu de l'em-
« pressement et des dépits impatients ;
« j'ai lu dans vos yeux ces mêmes désirs
« auxquels vous m'avez toujours trouvée
« si sensible. Ils étaient aussi ardents que
« quand ils faisaient toute ma félicité.
« Je suis aussi tendre, et aussi fidèle que
« je le fus jamais ; et cependant je me
« trouve tiède, nonchalante. Il semble
« que vous n'ayez fait à mes sens qu'une
« illusion. » Plus loin, « Je ne sais quel
« *démon* secret m'inspire sans cesse. »
Tout Portugais dira que jamais une
femme bien élevée ne s'est servie d'une
telle expression. « Que c'est à ma colère
« que je dois vos tendresses, et qu'il y a
« plus de politique que de sincérité dans
« les sentiments que vous m'avez fait

« paraître...... Sans mentir, la délica-
« tesse est un don de l'amour, qui n'est
« pas toujours aussi précieux qu'on se
« le persuade...... J'avoue qu'elle assai-
« sonne les plaisirs, mais elle aigrit ter-
« riblement les douleurs...... Ne vous y
« trompez pas, mon cher, vos empres-
« sements font toute ma félicité; mais ils
« feraient toute ma rage, si je croyais les
« devoir à quelque autre chose qu'au
« mouvement naturel de votre cœur. Je
« crains l'étude des actions beaucoup plus
« que la froideur du tempérament; et
« l'extérieur est, pour les ames grossières,
« un piége où les ames délicates ne peu-
« vent être surprises. » Dans un autre
endroit : « Votre air était encore plus
« grand qu'il ne l'est naturellement; vo-
« tre passion brillait dans vos yeux, et
« elle les rendait plus tendres et plus

« perçants. Je croyais que votre cœur ve-
« nait sur vos lèvres. Hélas ! que je suis
« heureuse s'il n'y venait pas à faux !
« car enfin je ne vous éprouve que trop,
« et il n'est guère en mon pouvoir de
« vous éprouver moins....... La vue de
« ce qu'on aime enlève l'ame malgré
« qu'on en ait...... Ce n'est ni l'habitude
« de vous voir, ni la crainte de vous
« fâcher en ne vous voyant pas, qui m'o-
« blige à rechercher votre vue ; c'est une
« avidité *curieuse* qui part du cœur,
« sans art, sans réflexion. »

Lettre VII. « *Mon cœur* qui s'est fait
« une habitude si douce d'épanchements
« à votre rencontre, *cherchait mes yeux*
« *pour les répandre ;* et comme je m'ef-
« forçais de les lui refuser, il me don-
« nait des élans secrets qui ne peuvent
« être compris que par ceux qui les ont

« éprouvés. »— « Bonjour, mon cher, le
« jour commence à poindre ; il aurait
« paru bien plus tôt qu'à l'ordinaire s'il
« avait consulté mon impatience, mais
« il n'est pas amoureux comme nous :
« il faut lui pardonner sa lenteur, et
« tâcher de la tromper par quelques
« heures de sommeil, afin de la trouver
« moins insupportable. »

En lisant les sept premières lettres,
après les cinq dernières, on pourra remarquer des endroits où l'auteur a voulu
imiter les sentiments de la religieuse ;
mais on n'en sera que plus frappé de ces
vains efforts d'imitation et de cette recherche si ridicule, et on sera tenté de
dire avec Alceste :

Ce n'est que jeux de mots, qu'affectation pure,
Et ce n'est point ainsi que parle la nature.

Ces citations suffisent pour juger qu'on

n'aurait jamais dû confondre ces lettres avec les autres.

Quant aux localités, et à ce qui tient aux mœurs, tout est exact et vrai dans les cinq lettres de la religieuse ; tout est imaginaire dans les sept lettres ajoutées, et on peut même dire, en contradiction avec les usages portugais ; ce que je vais prouver par d'autres citations (1).

Dans la XIIe de l'édition Delance, et qui selon moi est la cinquième de la religieuse, elle dit : « J'étais jeune, « j'étais crédule, on m'avait enfermée « dans ce couvent depuis mon enfance,

---

(1) Pour trouver facilement les endroits cités, il faut savoir que dans l'édition de Delance, où je les prends, les sept lettres supposées sont les premières, et les cinq de la religieuse les dernières.

2

« je n'avais vu que des gens désagréa-
« bles, etc. »

Dans la XIe, elle marque l'endroit et
le jour où pour la première fois elle a vu
son amant. « Dona Brites...... me mena
« promener sur le balcon, d'où l'on voit
« Mertola (1). Je la suivis, et je fus aus-
« sitôt frappée d'un souvenir cruel........
« J'étais sur ce balcon le jour fatal où
« je commençai à sentir les premiers ef-
« fets de ma passion malheureuse : il me
« sembla que vous vouliez me plaire,
« quoique vous ne me connussiez pas,
« etc. »

---

(1) Ville d'Alentejo sur la Guadiana, à huit
lieues de Béja, où était le couvent de la religieuse. Cette ville fut érigée en comté, dont on
donna le titre au maréchal Schomberg, pour
ses services militaires en Portugal à cette épo-
que.

Dans la XIIe, déja citée, elle dit :
« Je voulais vous voir à tous moments,
« et cela n'était pas possible ; j'étais
« troublée par le péril que vous cou-
« riez en entrant dans ce couvent ; je
« ne vivais pas quand vous étiez à l'ar-
« mée ; j'étais au désespoir de n'être pas
« plus belle, et plus digne de vous ; je
« murmurais contre la médiocrité de ma
« condition..... J'appréhendais pour vous
« la colère de mes parents, etc. »

Dans la Xe, elle se plaint de lui, et
dit : « J'ai perdu ma réputation ; je me
« suis exposée à la fureur de mes pa-
« rents, à la sévérité des lois de ce pays
« contre les religieuses. »

Dans la IXe : « L'on m'a fait, depuis
« peu, portière en ce couvent ; tous
« ceux qui me parlent croient que je
« suis folle...... Il faut que les religieuses

« soient aussi insensées que moi, pour
« m'avoir crue capable de quelque soin,
« etc. »

On voit, par ces extraits, que depuis
son enfance elle est toujours restée dans
son couvent; que l'histoire de sa vie est
celle de sa passion dans cette retraite ;
et qu'elle n'a jamais eu d'autre société
que celle des religieuses...... « *qui*, dit-
« elle , *méme les plus sévères, ont pitié*
« *de l'état où je suis.* »

Comment M. l'abbé de Saint-Léger a-
t-il pu concilier cette situation avec celle
de la prétendue dame qui écrit les autres
lettres, et qui est une personne tenant
un grand état, vivant dans le monde,
et dans la société la plus distinguée, au
milieu de ces amusements, de ces fêtes
et de ces bals, où une religieuse ne
paraît jamais; car elle ne peut sortir

du couvent que pour cause de maladie,
soit pour aller aux eaux, soit pour se
rendre dans sa famille, où elle vit
dans une sévère retraite ?

Dans la IIe lettre de cette *femme du
monde*, comme l'appelle P. Marteau (éd.
de Delance), on trouve : « Sans mentir,
« cette dame d'hier au soir est bien laide ;
« elle danse d'un méchant air...... Vous
« avez causé avec elle une partie du
« temps que l'assemblée a duré. » Et
plus bas : « Vous savez bien que pour
« vous avoir vu passer (c'est à Lisbonne)
« seulement, je perdis le repos de ma vie,
« et que, sans m'arrêter à mon sexe et
« *à ma naissance*, je courus la première
« aux occasions de vous voir..... J'ai un
« nom connu dans le royaume ; on m'y
« a toujours flattée de quelque beauté....
« Je hais la *marquise de Furtado*.......

« Je voudrais que *la marquise de Castro*
« n'eût jamais été, puisque c'était *à ses*
« *noces* que vous deviez me donner la
« douleur que je ressens. »

Ces titres, ainsi que celui de *duc*
d'Almeida, n'ont jamais existé en Portugal : *Castro*, *Furtado*, *Almeida*, sont
des noms de famille; et les titres, en
Portugal, sont attachés à des noms de
villes ou de terres. Jamais une religieuse
ne se trouve à des noces. Il n'y a point
de chanoinesses en Portugal.

Dans la IIIe lettre : « Quand donc
« finira votre absence! Passerez-vous
« encore aujourd'hui sans revenir *à Lis-*
« *bonne ?*...... On croirait, parmi *mon*
« *domestique*, que je suis devenue in-
« sensée. »

Dans la IVe lettre. « J'ai reçu la main
« du *duc d'Almeida;* j'ai affecté d'être

« auprès de lui ; pendant le souper, je
« l'ai regardé tendrement. »

Dans la Ve lettre : « Vous ne me verrez
« plus, dites-vous ; vous sortez de Lis-
« bonne...... Je vous épargnerai la peine
« de m'éviter ; aussi-bien c'est à moi de
« fuir....... Cette pensée m'a déja solli-
« citée deux ou trois fois de *courir chez*
« *vous.* »

Dans la VIIe Lettre : « Présentement
« que tous les gens de notre maison re-
« posent..... Bonjour, mon cher. »

Ces citations démontrent évidem-
ment que ces sept lettres ne sont point
de la religieuse qui a écrit les cinq autres ; et il suffit de les lire avec attention pour sentir combien elles sont
en tout différentes.

C'est donc, à mon avis, un tort, et
un grand tort, que de les avoir jointes

aux autres, et d'avoir confondu ce qui
est aussi dissemblable en sentiments, en
usages et en diction.

Les cinq lettres de la religieuse sont
un véritable chef-d'œuvre. On y retrouve à chaque ligne le caractère et
l'expression de ce sentiment vrai et
passionné qui a toujours une empreinte
impossible à contrefaire. On peut dire
de celle qui les a écrites ce qu'Horace a
dit de Sapho :

> ..... *Spirat adhuc amor,*
> *Vivuntque commissi calores*
> *Æoliæ fidibus puellæ.*

Je ne connais point d'autres lettres
de ce genre qui puissent leur être com-
parées, si ce n'est les lettres latines
d'Héloïse à Abailard ; et il faut encore
remarquer que nous possédons l'original de celles-ci, et que nous n'avons

qu'une traduction faible et décolorée des autres dont l'original a été perdu. J'ajouterai de plus, s'il m'est permis de le dire, qu'on trouvera dans ces lettres plus de décence, de délicatesse, et de ce que les Anglais appellent *ingenuity*.

J'avais lu dans ma jeunesse les lettres portugaises, et non-seulement je les admirais, mais je les aimais d'une véritable affection. Je me sentais l'ami de cette pauvre religieuse, sacrifiée à des intérêts de famille, qui lui avaient fait prendre le voile; je la voyais dans l'éternel repos du cloître, livrée à toutes les passions de la vie. Dans ce même temps j'avais eu l'occasion de voir deux exemples terribles de ces vœux prématurés et forcés, qui avaient fait sur moi une impression profonde. Les originaux de

ces lettres ayant été perdus, je m'éton-
nais qu'après un si grand nombre d'années écoulées depuis leur publication,
aucun Portugais n'eût essayé de les remettre dans notre langue, et de reven-
diquer ainsi une propriété nationale.
J'avais dix-huit ans ; et dans cet âge
d'enthousiasme, où tous les sentiments
passionnés, où toutes les expressions
vives, animées, enfin où tout ce qui parle
au cœur cause tant d'émotion, j'entrepris
ce travail. Cependant je n'osais point le
rendre public : quoique j'y eusse mis
beaucoup de soin, j'étais toujours ar-
rêté par la crainte de ne pas restituer à
l'original les graces qu'il devait avoir
eues. La religieuse portugaise qui a su
peindre si bien l'amour, les regrets, la
jalousie, l'espérance, les remords, ces
sentiments déchirants, qui font d'une

seule passion la réunion de toutes les passions, a dû nécessairement les avoir exprimées dans le plus beau langage portugais, sans quoi le traducteur n'aurait point été assez frappé de ces lettres pour les mettre en français. Cette femme dont le cœur était si tendre, l'ame si sensible, inspirée par un sentiment si profond et si vif, devait, on peut le croire, trouver ces expressions qui pénètrent et font tressaillir toutes les ames.

La traduction sans doute les a fort affaiblies; mais, je le répète, il est clair pour tout Portugais, que, d'après la conformité des phrases de la traduction avec celles qu'on emploierait dans la langue portugaise, le traducteur a suivi presque littéralement l'original, à l'exception de ce qu'exigeait quelquefois le génie différent des deux langues. Mais on peut traduire littéralement , sans pour cela avoir fait un choix judicieux dans les mots qui paraissent équiva- lents , et qui ne seraient pas ceux que l'usage et le goût approuveraient : c'est donc par ignorance du portugais , ou par inattention , que l'abbé Feller et d'autres auteurs de dictionnaires his- toriques ont répété que *Subligny avait arrangé ces lettres.* Sans doute le tra- ducteur de ces lettres a conservé les beautés de sentiments qu'on y admire , et qu'il est impossible de trouver quand elles ne sont pas inspirées par le cœur, parce qu'il a pu en être ému ; mais il est permis de croire qu'il a dû leur faire perdre la plus grande partie des graces propres à l'original , puisque tout le monde convient que son *style est su- ranné et dénué d'élégance.*

La grande difficulté, en voulant remettre ces lettres dans notre langue, était de retrouver ces graces, cette couleur primitive de style, et de conserver l'abandon et la vérité des sentiments : car en traduisant plus librement, on devait craindre d'affaiblir ce naturel et cette vérité ; et en se traînant littéralement sur la traduction française, de décolorer encore plus le style de l'original. Cependant il m'a paru qu'entre ces deux écueils le meilleur parti était de suivre aussi exactement qu'il était possible le texte français, me bornant par mes souvenirs à choisir ces tournures nationales, ces nuances, et cette langue de conversation, dont les femmes possèdent si bien le naturel et la grace.

Bien des années se sont écoulées depuis ce travail. J'attendais en vain qu'un

littérateur portugais plus capable que
moi entreprît cet ouvrage ; lorsque der-
nièrement à l'occasion d'une erreur bibliographique sur ces mêmes lettres
portugaises , j'ai cru que ma traduction pourrait me servir à prouver non-
seulement l'originalité des cinq dernières lettres (édition de Delance), mais
que j'avais raison de penser que c'é-
tait les seules lettres de la religieuse ,
comme P. Marteau et Barbin l'avaient
déja annoncé.

J'ose donc la publier en face du texte,
pour que le public , en jugeant la difficulté , puisse m'excuser. Qu'il daigne
songer que depuis plus d'un siècle, aucun Portugais n'a tenté de ressaisir ce
bien national. Je ne puis mieux sollici-
ter son indulgence qu'en citant ce que
M. l'abbé de Saint-Léger a dit de l'imi-

tation en vers des Lettres portugaises
par Dorat. « Il avait à lutter en cette
« occasion avec un original qu'il n'avait
« jamais vu , mais qu'on suppose d'au-
« tant plus merveilleux dans son style
« natif , que l'unique traduction qui
« nous est restée, *et qu'il faut* par cela
« seul respecter malgré soi, puisqu'une
« autre est impossible; cette traduction
« ne se fait tolérer que par le fond des
« idées qui tiennent à l'original, abs-
« traction faite des défauts sans nom-
« bre de la traduction. C'est donc une
« traduction de cette traduction, que
« Dorat s'était imposé la tâche de faire
« en vers, et de rectifier sans l'original.
« *Certes, il y a quelque mérite à le*
« *tenter*, quand on a si peu de moyens
« pour faire revivre un ouvrage déja
« mort dans sa traduction. »

J'ajouterai un extrait des réflexions préliminaires de Dorat : « Les Lettres « portugaises ont toujours joui d'une ré- « putation méritée auprès de ce petit « nombre de lecteurs qui préfèrent le « langage de l'ame à toute l'affectation « du bel-esprit. Il est vraisemblable que « l'ouvrage est portugais, et que les let- « tres françaises ne sont qu'une traduc- « tion. Quoi qu'il en soit, le sentiment, « qui est de tous les pays, doit les dis- « tinguer de cette foule de romans in- « sipides qui ne feraient qu'attester le « froid délire de nos écrivains. On ne « trouve dans les lettres dont il s'a- « git, rien de cette métaphysique à la « mode......; mais en récompense tout y « est vrai, naturel, de cette simplicité « attachante, premier charme des écrits « auxquels on revient et dont on ne se

« lasse jamais. Elles font couler ces lar-
« mes délicieuses qui soulagent le cœur,
« non ces pleurs pénibles qui les oppres-
« sent : elles respirent l'amour le plus
« tendre, le plus passionné, le plus gé-
« néreux ; il y est peint dans toutes ses
« nuances, approfondi dans tous ses dé-
« tails ; on y retrouve ses orages, ses
« inquiétudes, ses retours, ses résolu-
« tions d'un moment, la délicatesse de
« ses craintes, et l'héroïsme de ses sa-
« crifices. Racine lui-même, ce peintre
« par excellence, ne l'a pas présenté sous
« des couleurs plus aimables, plus sédui-
« santes, plus énergiques et plus douces.
« Quel caractère que celui de Marianne !
« Quelle amante a jamais porté plus loin
« l'abandon, et, si l'on peut le dire, le dé-
« sintéressement de la tendresse ? Mais
« si j'ai été séduit par le fond des choses,

« j'avouerai avec la même franchise, que
« la forme m'a souvent dégoûté. La dic-
« tion est traînante, diffuse, incorrecte(1),
« quelquefois maniérée, presque toujours
« commune. Pour peu qu'on ait de sen-
« sibilité, on relit bien des fois les Let-
« tres portugaises avant de s'apercevoir
« qu'elles sont mal écrites. Qu'on juge
« du plaisir qu'elles feraient, si au mérite
« qu'elles ont déja, elles joignaient en-
« core le charme de l'expression. »

Madame de Sévigné dit dans la lettre 162 (édition de J.-J. Blaise, Paris, 1818), datée des Rochers, 19 juil-
let 1671 : « Enfin, Brancas m'a écrit une
« lettre si excessivement tendre, qu'elle
« récompense tout son oubli passé : il

---

(1) Ce qu'il dit ici ne peut s'appliquer qu'aux
sept lettres ajoutées.

« me parle de son cœur à toutes les li-
« gnes : si je lui faisais réponse sur le
« même ton, ce serait une *Portugaise*. »
Ce passage prouve combien ces lettres
furent répandues et estimées bientôt
après leur publication : elle en parle
encore dans d'autres lettres.

Je rappellerai ici en même temps le
passage de la lettre de J.-J. Rousseau
à d'Alembert, où il loue ces Lettres portugaises, quoique cet éloge soit fondé
sur un paradoxe, dont il lui aurait été
difficile, je crois, de prouver la vérité.
« Elles (les femmes) ne savent, dit-il,
« ni décrire, ni sentir l'amour même. La
« seule Sapho, que je sache, et une autre,
« méritent d'être exceptées. Je parierais
« tout au monde que les Lettres portu-
« gaises ont été écrites par un homme. »

Pour achever la notice des éditions

qui ont paru après les premières déja
décrites, je ferai mention de toutes celles
dont j'ai eu connaissance.

Après les deux de Claude Barbin de
1662, et les deux de Pierre Marteau,
Cologne, sans date, parut la première
édition du recueil intitulé : Réponse aux
Lettres portugaises, traduites en *français ;* à Paris, chez Jean-Baptiste Loyson, 1671 (M. Barbier s'est mépris en
disant que l'impression est de 1669).
Le format est in-12 de 107 pages,
compris le titre et l'avis au lecteur. Il
est bon de remarquer que ces réponses
ne sont qu'au nombre de cinq, et cor-
respondent aux cinq premières et uni-
ques lettres de la religieuse. Ces Réponses sont si insignifiantes, et en tout si
mal écrites, de l'aveu de tout le monde,
que je n'ai pas cru devoir les ajouter.

On doit les considérer comme une nouvelle spéculation de libraire. J'ai cette édition.

M. l'abbé de Saint-Léger fait mention d'une édition à peu près semblable à celle de Barbin, publiée à Tournay, 1678. Je n'ai pu la voir. Il cite le Catalogue de La Vallière, par Nyon, pour une édition de Pierre Marteau, Cologne, 1678. Cette édition, dont il est question tome III, page 797, article 9797, porte le titre de Lettres d'amour d'une Religieuse, écrites au chevalier de C***, officier français, avec celles dudit chevalier; Cologne, Marteau, in-12, 1678. D'après le titre, on peut voir que cette édition n'est pas la même que celle de P. Marteau, que je possède, et qui doit être antérieure : on peut remarquer aussi que c'est la pre-

mière où on désigne l'officier (M. de
Chamilly) sous le nom de chevalier
de C***, et qu'elle contient les Réponses que Loyson avait données au
public. Ce doit être une seconde édition.

M. l'abbé de Saint-Léger fait aussi
mention d'une autre de Pierre Marteau
(qui est sans doute la troisième), Cologne, 1681, in-12 de 131 pages, laquelle ne contient que cinq lettres, mais
suivies d'autant de réponses controuvées et imprimées, sans doute, pour la
première fois, avec un avis au lecteur
(édition de 1806, page VII). Il se
trompe encore sur ce sujet, comme on
peut le voir, d'après ce qui a été dit
ci-dessus, puisque ces réponses avaient
déja paru.

J'ai vu une édition in-12 dont le titre

est : Lettres d'amour d'une Religieuse portugaise, écrites au chevalier de C*, officier français en Portugal : dernière édition *augmentée de sept lettres avec leurs réponses qui n'ont point encore paru dans les impressions précédentes.* Pour ornement la même sphère armillaire de Marteau et de Loyson (ce qui est digne de remarque), chez Corneille de Graef, marchand libraire, etc., à La Haye, 1690.

Cette édition mérite une mention plus particulière, en ce que *pour la première fois* on a imprimé ensemble les douze lettres comme appartenant toutes à la religieuse. On a commencé en effet par les sept lettres supposées, et on a mis ensuite les cinq lettres véritables, et cet exemple a été suivi depuis par les éditeurs de 1799, 1806 et 1823.

Après ces douze lettres, l'éditeur a placé onze réponses. Son avis au lecteur est curieux par le changement qu'il a fait à celui de Barbin, que j'ai rapporté plus haut. « J'ai trouvé les « moyens, avec beaucoup de soin et « de peine, de recouvrer une copie cor- « recte de la traduction de *douze* let- « tres, qui ont été écrites à un gentil- « homme de qualité en Portugal. J'ai vu « tous ceux qui se connaissent en sen- « timents, ou les louer, ou les chercher « avec tant d'empressement, que j'ai cru « que je leur ferais un singulier plaisir « de les imprimer. Le nom de celui au- « quel on les a écrites est M. Chamilly, « et le nom de celui qui en a fait la « traduction est *Cuilleraque*, etc.; » le reste comme dans l'autre. Cette édition probablement est celle qui a fait tomber les bibliographes dans l'étrange méprise que j'ai signalée, et tous les éditeurs subséquents qui, d'après elle, ont sans exception continué de suivre et de propager cette erreur. Comme toutes ces éditions ne sont remarquables sous aucun rapport, je n'en donnerai qu'une notice succincte pour ceux que les recherches bibliographiques intéressent.

J'ai eu dans mes mains une édition in-8°, imprimée à Amsterdam, chez François Roger, 1699, sous le titre : Recueil de Lettres galantes et amoureuses d'Héloïse à Abeillard, d'une religieuse portugaise au chevalier***, avec celles de Cléante et de Bélise, etc. Dans les lettres portugaises se trouvent les douze lettres et les réponses, suivant l'ordre établi dans l'édition de La Haye.

Lenglet, dans sa Bibliothèque, pag. 75,

3*

fait mention de deux éditions, l'une de Bruxelles, 1709, in-12; l'autre de....., 1716, aussi in-12.

M. l'abbé de Saint-Léger, dans sa notice, dit en avoir vu une de Jacob Van Ellinckuysen, imprimée à La Haye en 1707, in-12 de 309 pages, parce qu'on y joignit, *pour la première fois*, les Lettres de la présidente Ferrand, et qu'elle contient aussi *pour la première fois*, douze lettres au lieu de cinq, et onze réponses du chevalier ***. Il y a ici deux méprises de M. de Saint-Léger, faute d'avoir connu les éditions précédentes.

Il fait mention d'une autre, imprimée à Anvers, 1734, deux volumes sous ce titre : Nouveau Recueil de Lettres, etc., édition citée dans le catalogue de M. de Bièvre.

Une seconde pareille d'Anvers, 1747, chez Samuel Le Noir.

Une autre, intitulée : Lettres d'amour d'une Religieuse portugaise, écrites au chevalier de C***, officier français en Portugal, revues, corrigées et augmentées de nouvelles et différentes pièces de poésie; à Londres, chez C.-G. Seyffert, 1777, petit in-12.

Enfin, un Recueil de Lettres amoureuses, imprimé vers 1778, quoique sans date, trois petits volumes in-18; à Amathonte, c'est-à-dire chez Cailleau, libraire, rue Saint-Severin. Il attribue à Guilleragues la traduction des Lettres portugaises, sans dire sur quoi il se fonde.

J'ai rendu compte de toutes ces éditions, qui sont plus ou moins mauvaises, et je suis entré dans ces détails,

3.

pour tâcher d'éclaircir ce point de bibliographie, et satisfaire aux désirs des bibliographes et amateurs de livres. On peut soupçonner que les libraires ne voulant point se borner à un petit volume, tout au plus de cent et quelques pages, qui n'eût renfermé que les cinq lettres originales, ont cherché à y ajouter tout ce qu'ils ont voulu, n'importe le mérite, pour grossir le volume.

Les vrais amateurs des bons ouvrages, ou ceux qui en veulent donner de bonnes éditions nouvelles, doivent se procurer les premières ; car, pour me servir des expressions de sir H. Savil, j'ai appris à préférer celles-ci, et à les regarder comme plus correctes, par la raison qu'elles ont été moins corrigées.

Il me reste à parler des trois dernières éditions.

La première est celle de Delance, Paris, 1796, sous le titre : Lettres portugaises, deux volumes in-12, avec une Notice bibliographique de M. l'abbé de Saint-Léger; jolie édition, dont on a tiré seulement deux cent cinquante exemplaires sur papier vélin. On y attribue, comme dans les précédentes, les douze lettres à la religieuse, et on continue de commencer par les sept lettres supposées et de finir par les cinq véritables. On a ôté dans la VIIIe lettre une phrase, et on a changé dans la XIIe lettre le mot de *maris* en celui de *martyre*, ce qui rend la phrase louche et inintelligible, et à la fin de cette même lettre on a ajouté les mots : « *Je le* « *crains. Adieu.*, » qui sont là extrêmement déplacés.

De la même imprimerie de Delance

est sortie une édition très-jolie, en
1806, de M. Barbier, qui y a ajouté des
notes. C'est un in-12 avec de grandes
marges, de 183 pages, sous ce titre :
Lettres portugaises, nouvelle édition,
avec les imitations en vers par Dorat.
Il renferme un Avertissement de l'imprimeur, la Notice de l'abbé de Saint-
Léger, les Réflexions préliminaires ex-
traites de Dorat, et ses insignifiantes
imitations en vers. On y trouve les
mêmes erreurs que dans la précédente.

La troisième a paru cette année 1823,
chez le libraire Kleffer. C'est un petit
in-12 de 131 pages, contenant les douze
lettres et un extrait *arrangé* de la notice de M. l'abbé de Saint-Léger. On y
a conservé l'erreur de la XIIe lettre,
que j'ai signalée dans les deux précédentes ; on a effacé les quatre mots ajou-

tés à la fin; mais on a interverti l'ordre des cinq lettres, sans nulle raison, et contre toute probabilité, dans la première dition, elles ont dû être datées, et rangées d'après les dates; le titre porte : Lettres portugaises, nouvelle édition revue et corrigée sur la première.

J'ajouterai ici l'historique de ces Lettres : Dans les éditions qui succédèrent aux premières, on apprit que le chevalier de C***, auquel on disait que ces lettres avaient été écrites, était M. de Chamilly, qui avait servi en Portugal. Le duc de Saint-Simon nous l'a confirmé dans ses Mémoires publiés pendant la révolution.

Chamilly (Noël-Bouton de), d'une famille noble de Bourgogne, originaire du Brabant, entra de bonne heure dans la carrière militaire, et passa, avec le nom

de comte de Saint-Léger, en 1663,
en Portugal comme capitaine de cava-
lerie , avec plusieurs autres officiers
choisis par le maréchal de Turenne,
sous le commandement du maréchal de
Schomberg. Il eut à Beja une liaison
d'amour avec cette religieuse portugaise , qu'il quitta pour retourner en
France, où il reçut d'elle ces lettres si
passionnées et tant admirées : il n'était
remarquable ni par la beauté de sa fi-
gure , ni par les agrémens de son esprit. C'était, d'après le portrait qu'en
fait Saint-Simon, « un gros et grand
« homme, le meilleur, le plus brave et
« le plus rempli d'honneur ; mais si bête
« et si lourd, qu'on ne comprenait pas
« même qu'il eût quelques talents pour
« la guerre. » Sur cela on se trompait,
car sa défense de Grave, en 1675,

sera toujours regardée comme un des plus beaux faits militaires, et servira d'exemple à tous les gouverneurs de places fortes. Ses glorieux services furent récompensés par le grade de maréchal de France en 1703, et deux ans après il fut fait chevalier des Ordres. « A le voir, à l'entendre, » dit encore Saint-Simon, « on n'aurait jamais pu « se persuader qu'il eût inspiré un amour « aussi démesuré que celui qui est l'ame « *de ces fameuses* Lettres portugaises, « ni qu'il eût même écrit les réponses à « cette religieuse (1). »

Nous sommes cependant redevables de ces Lettres à la passion qu'il avait fait naître durant son séjour en Portu-

---

(1) OEuvres de Saint-Simon, tom. XI, page 5, édit. in-8° de Strasbourg, 1791.

3.

gal , et que son absence rendit plus
violente dans le cœur de cette religieuse,
inconsolable de leur séparation , et dont
l'amour si tendre fut si mal récom-
pensé.

« C'est à la sotte vanité de M. de Cha-
« milly, » remarque justement M. l'abbé
de Saint-Léger, « que nous avons l'obli-
« gation de les posséder. » Cette vanité
est d'autant plus inexcusable que , si
cette publication eût été connue en Portugal , elle eût gravement compromis la
réputation et le repos de cette pauvre
religieuse, qu'il avait si cruellement dé-
laissée. « Il en confia l'original à l'avocat
« *Subligny* pour les traduire et les pu-
« blier. Dans l'avertissement de quelques
« éditions on a attribué faussement cette
« traduction à *Guilleragues*, que quel-
« ques-unes appellent *Cuilleraque.* Se-

« rait-ce Guilleragues qui aurait fait les
« Réponses de Chamilly, et Subligny la
« traduction des Lettres de la religieuse ?
« C'est ce que nous ignorons, et que
« nous croyons fort inutile à discuter. »
Ainsi, on ne sait pas même positive-
ment qui en fut le traducteur; car aucun bibliographe, aucun des dictionnaires historiques ne nous apprend sur
quelles autorités on s'est fondé pour
attribuer généralement cette traduction
à Subligny.

Subligny était avocat à Paris ; il cul-
tivait les lettres et aimait le théâtre ; on
dit même qu'il avait été comédien. Il
composa en 1668 une parodie en trois
actes de l'*Andromaque* de Racine, intitulée *la folle Querelle*, qui, malgré
son extrême médiocrité, eut l'honneur
d'un grand nombre de représentations.

Il se raccommoda depuis avec ce grand poète, et publia en 1671 une défense de *Bérenice* contre l'abbé de Villers, et en 1677 un examen critique de la *Phèdre* de Racine et de celle de Pradon, dans lequel on trouve plusieurs observations fort judicieuses. Il avait publié un roman très-insipide, intitulé *la fausse Clélie*.

M. de Guilleragues, d'abord premier président à la Cour des aides de Bordeaux, fut ensuite secrétaire de la chambre et du cabinet du Roi, et pendant quelque temps chargé de la direction de la *Gazette*. Il fut nommé, en 1677, ambassadeur à Constantinople, où il alla en 1679, et y mourut d'apoplexie quelques années après. Louis XIV, quand il vint prendre congé, lui dit : « J'espère que je serai plus content de

« vous que de votre prédécesseur. » —
« Sire, lui répondit l'habile courtisan,
« je ferai en sorte que vous ne fassiez
« pas le même souhait à mon succes-
« seur. » C'est de lui que madame de
Caylus dit dans ses *Souvenirs* : « Par la
« constance de son amour, son esprit
« et ses charmes, il doit aussi trouver
« place dans le catalogue des admira-
« teurs de madame de Maintenon. » Madame de Sévigné le connaissait beaucoup et en parle dans ses Lettres 335,
385 et 582 (édition de Blaise). Il était
très-lié avec Racine et Boileau ; celui-ci
lui adressa en 1674 sa Ve Épître, com-
mençant par ces vers :

Esprit né pour la cour, et maître en l'art de plaire,
Guilleragues, qui sais et parler et te taire.

Guilleragues n'a pas échappé à l'esprit satirique du duc de Saint-Simon,

qui en a tracé le portrait suivant :
« Guilleragues, père de madame d'O...,
« n'était rien qu'un gascon gourmand,
« plaisant, de beaucoup d'esprit, d'ex-
« cellente compagnie, qui avait des
« amis, et qui vivait à leurs dépens,
« parce qu'il avait tout fricassé, et en-
« core était-ce à qui l'aurait. Il avait
« été intime de madame Scarron, qui ne
« l'oublia pas dans sa fortune, et qui
« lui procura l'ambassade de Constanti-
« nople pour se remplumer. Mais il y
« trouva, comme ailleurs, moyen de tout
« manger. Il y mourut, et n'y laissa que
« cette fille unique qui avait de la
« beauté. »

On ne connaît de lui aucun ouvrage;
on sait seulement que dans la *Gazette
de France* qu'il dirigeait, il fit un article sur la mort du maréchal de Tu-

renne, et qu'il a composé quelques cou-
plets, un entre autres en réponse à Cou-
langes. Il n'est guère probable, d'après
sa position et son état, que M. de
Chamilly lui eût donné ces lettres à
traduire.

On ignorait le nom de la religieuse :
M. Boissonnade fut le premier à nous
l'apprendre, en publiant, dans le *Jour-
nal de l'Empire*, du 5 janvier 1810, la
note suivante, au sujet du Manuel du
libraire Brunet : « Sur mon exemplaire
« de l'édition des Lettres portugaises
« de 1669, il y a cette note, d'une
« écriture qui m'est inconnue : *La reli-
« gieuse qui a écrit ces lettres se nom-
« mait Marianne Alcoforada , reli-
« gieuse à Beja, entre l'Estramadure et
« l'Andalousie. Le chevalier à qui ces
« lettres étaient écrites était le comte*

« *de Chamilly, dit alors le comte de*
« *Saint-Léger.* » M. Boissonnade a raison de dire que la première édition de
Barbin (celle de janvier 1669) n'a qu'un
volume; mais la seconde d'août 1669,
parut avec ce qu'on nomme la seconde
partie des Lettres portugaises; et quoique l'exemplaire de la Bibliothèque royale
réunisse ces deux parties dans un seul
volume, cette édition est faite pour for-
mer deux volumes.

A l'occasion de cet article, je fis des
recherches dans l'ouvrage intitulé *Historia genealogica da casa Real*, où il
est fait mention de toutes les familles
nobles de Portugal, et j'y trouvai,
livre VI, pages 576 et 585, le nom de
cette famille, ou d'une de ses branches,
établie dans l'Alemtejo, province où
Beja est située. Il y est dit que cette

famille était tombée dans la disgrace et l'indigence, après la mort tragique d'Antonio Alcoforado, page noble du duc de Bragance Don Jayme IV (1). Ce prince, dans un accès de fureur jalouse, poignarda sa femme la duchesse Dona Leonor de Mendoça, et fit tuer le page, comme complice, le 22 novembre 1512. Je regarde donc comme très-probable que cette famille existait en 1663 dans l'Alemtejo, et qu'une fille de cette maison fut religieuse dans un des couvents de Beja. C'était assez l'usage d'y faire entrer les jeunes demoiselles de bonne heure, afin de leur donner le goût du cloître, et les décider ainsi à prendre

---

(1) Ficon a familia do morto disgraçada, e os duques depois a soccorriam com cuidosa piedade. *Hist. geneal.* l. x, pag 585.

le voile, pour procurer une plus grande
fortune à l'aîné de la famille (o Mor-
gado).

Une branche de cette famille, du nom
de Souza Alcoforado, existe à Guima-
raens, province d'entre Douro e Minho,
et est alliée aux premières familles. (Voy.
Historia genealogica da casa Real,
liv. x, pag. 635; *Memorias dos grandes
de Portugal, condes de Sabugosa*,
pag. 424).

Je ne dirai que deux mots sur cette
nouvelle édition, à laquelle j'ai donné
tous mes soins, afin de la rendre, le plus
qu'il m'a été possible, digne du public
et du mérite de l'ouvrage. Rien ne sera
changé à la seule traduction que nous
en possédons. Le texte de la première
édition de 1669 sera conservé religieu-
sement, parce que je pense, comme

M. l'abbé de Saint-Léger, « que la dic-
« tion, quoique surannée, du traducteur,
« laisse assez apercevoir le fonds de l'ou-
« vrage, et que c'est à ce fonds que no-
« tre respect est attaché. » J'emploierai,
à peu de chose près, la ponctuation
qu'a suivie M. l'abbé de Saint - Léger,
parce qu'elle fait mieux lire et com-
prendre le sens que celle qu'avait adop-
tée le premier éditeur, qui n'y a porté
aucune attention.

C'est avec une sorte de crainte, je
le répète encore, que je donne au public et que j'offre à ma nation cette
traduction portugaise, connaissant toute
la difficulté d'une telle entreprise. J'espère
qu'elle voudra bien se montrer indul-
gente pour cet essai, que je ne puis
aujourd'hui rendre meilleur.

D. J. M. S. ou .a

Décembre 1823.

LETTRES

PORTUGAISES.

LETTRE PREMIÈRE.

CONSIDÈRE, mon amour, jusqu'à quel excès tu as manqué de prévoyance! Ah, malheureux! tu as été trahi, et tu m'as trahie par des espérances trompeuses. Une passion sur laquelle tu avais fait tant de projets de plaisirs, ne te cause présentement qu'un mortel désespoir, qui ne peut être comparé qu'à la cruauté de l'absence qui la cause. Quoi! cette absence, à laquelle ma douleur, tout ingénieuse

CARTA PRIMEIRA.

———

Considera, meu Amor, quão excessivo foi o teu descuido de prever o que havia de succeder-nos! Ah, infeliz! foste enganado, e me trahiste, por lisongeiras esperanças mentirozas: Huma affeição sobre que tinhas fundado tantos projectos deleitosos, e da qual te promettias infinito prazer, poem-te agora n'huma desesperação mortal, somente comparavel em crueldade á da ausencia, que he della

qu'elle est, ne peut donner un nom
assez funeste, me privera donc pour
toujours de regarder ces yeux dans
lesquels je voyais tant d'amour, et
qui me faisaient connaître des mouvements qui me comblaient de joie,
qui me tenaient lieu de tout, et qui
enfin me suffisaient.

Hélas! les miens sont privés de la
seule lumière qui les animait : il ne
leur reste que des larmes, et je ne les
ai employés à aucun usage qu'à pleurer sans cesse, depuis que j'ai appris
que vous étiez résolu à un éloignement qui m'est si insupportable qu'il
me fera mourir en peu de temps.

Cependant il me semble que j'ai
quelque attachement pour vos mal-

causa. — E ha-de esta ausencia, para a qual ainda a minha dor, por mais engenhosa que seja, não soube achar nome assaz funesto, ha-de ella privar-me de contemplar aquelles olhos em que divisava tanto amor, e que me faziam conhecer affectos, que enchiam meu peito de alegria, que eram tudo para mim, tudo suppriam, e emfim me satisfaziam?

Ai de mim! os meus ficaram privados da unica luz que os animava, sós lhes restam lagrimas; nem eu lhes dou outro exercicio, senão o de chorar continuamente, desde o instante que sube estares resolvido a huma separação, para mim tão insofrivel, que em breve tempo me acabará.

4

heurs dont vous êtes la seule cause. Je vous ai destiné ma vie aussitôt que je vous ai vu, et je sens quelque plaisir en vous la sacrifiant.

J'envoie mille fois le jour mes soupirs vers vous; ils vous cherchent en tous lieux, et ils ne me rapportent, pour toute récompense de tant d'inquiétudes, qu'un avertissement trop sincère, que me donne ma mauvaise fortune, qui a la cruauté de ne pas souffrir que je me flatte, et qui me dit à tous moments : Cesse, cesse, Marianne infortunée, de te consumer vainement, et de chercher un amant que tu ne verras jamais; qui a passé les mers pour te fuir, qui est en France au milieu des plaisirs, qui ne pense

Parece me porém, que de algum modo me affeiçoo a infortunios dos quaes es a unica causa. — Dediquei-te a minha vida apenas te vi, e sinto algum gosto em fazer-te della sacrificio.

Milhares de vezes no dia a ti envio meus suspiros, que te procuram por toda a parte, e não me trazem outra recompensa de tantas inquietações, mais do que hum aviso, por demasia sincero, da minha má Fortuna, a qual cruamente não consente que eu me lisongeie, mas repete-me a cada instante: Cessai, cessai, ó Marianna desditosa, de consumir-te em vão, e de procurar hum amante, que jamais tornarás a ver; que pas-

4.

pas un seul moment à tes douleurs,
qui te dispense de tous ces transports, et ne t'en sait aucun gré.......
Mais non, je ne puis me résoudre à
juger si injurieusement de vous, et
je suis trop intéressée à vous justifier.
Je ne veux point m'imaginer que vous
m'avez oubliée. Ne suis-je pas assez
malheureuse, sans me tourmenter par
de faux soupçons? Et pourquoi ferais-
je des efforts pour ne me plus souvenir de tous les soins que vous avez
pris de me témoigner de l'amour?
J'ai été si charmée de tous ces soins,
que je serais bien ingrate, si je ne vous
aimais avec les mêmes emportements
que ma passion me donnait, quand
je jouissais des témoignages de la

sou os mares para fugir de ti, que
vive em França entregue ás suas delicias, e que nem hum só momento
cuida nas tuas magoas, que te dis-
pensa de todos esses transportes, e
não sabe agradecer-tos..... Mas não,
eu não posso resolver-me a formar
de ti hum conceito tão affrontoso, e
tenho nimio interesse em justificar-
te. Não quero mesmo imaginar que
te esqueceste de mim.

E não sou eu já assaz desaventu-
rada, sem que ainda me deixe ator-
mentar por falsas suspeitas? — Para
que fazer esforços por apagar da
memoria todos os disvélos com que
anhelaste a dar-me provas do teu
amor? Ah! todos estes disvélos tanto

vòtre. Comment se peut-il faire que
les souvenirs de moments si agréables
soient devenus si cruels? et faut-il
que, contre leur nature, ils ne servent qu'à tyranniser mon cœur? Hélas! votre dernière lettre le réduisit
à un étrange état : il eut des mouvements si sensibles, qu'il fit, ce semble,
des efforts pour se séparer de moi,
et pour vous aller trouver...... Je fus
si accablée de toutes ces émotions
violentes, que je demeurai plus de
trois heures abandonnée de tous mes
sens : je me défendis de revenir à
une vie que je dois perdre pour vous,
puisque je ne puis la conserver pour
vous...... Je revis enfin, malgré moi,
la lumière; je me flattais de sentir

me encantaram, que eu seria huma
ingrata, se não te amasse com o mesmo arrebatamento a que me impel-
lia a minha paixão, quando gozava
desses testemunhos, que me davas
reciprocamente da tua. Como he
possivel que lembranças de momentos tão agradaveis se tornassem tão
crueis? e que hajam de necessidade,
em despeito da sua propria natureza,
servir somente para tyrannisar o meu
coração? — Ai de mim! a tua ultima
carta o reduzio a hum estado mise-
rando : as suas palpitações foram tão
sensiveis, que pareciam-me como
esforços para separar-se de mim e
reunir-se a ti. — Fiquei tão abatida
destas commoções violentas, que ca-

que je mourais d'amour....... et d'ailleurs j'étais bien aise de n'être plus exposée à voir mon cœur déchiré par la douleur de votre absence.

Après ces accidents, j'ai eu beaucoup de différentes indispositions : mais puis-je jamais être sans maux, tant que je ne vous verrai pas? Je les supporte cependant sans murmurer, puisqu'ils viennent de vous. Quoi! est-ce là la récompense que vous me donnez, pour vous avoir si tendrement aimé! Mais il n'importe; je suis résolue à vous adorer toute ma vie, et à ne voir jamais personne; et je vous assure que vous ferez bien aussi de n'aimer personne. Pourriez-vous être content d'une passion moins ar-

hi em hum desmaio por mais de tres horas, perdidos os sentidos...... Lutava assim contra a vida que não queria recobrar, pois devo perde-la por ti, já que não posso conserva-la para ti..... Emfim tornei de máo grado a ver a luz..... Comprazia-me o sentir que morria de amor..... e demais estimava cessar para sempre de soffrer as angustias de hum coração despedaçado pela dor da tua ausencia.

Depois deste accidente, padeci muitas e diversas indisposições; mas como posso eu existir sem males, em quanto não torno a ver-te? Sei supporta los sem murmurar, porque de ti provém. — Como? he essa a retribuição que me dás por aver-te amado

4..

dente que la mienne? Vous trouve-
rez, peut-être, plus de beauté (vous
m'avez pourtant dit autrefois que
j'étais assez belle); mais vous ne trou-
verez jamais tant d'amour......, et tout
le reste n'est rien.

Ne remplissez plus vos lettres de
choses inutiles, et ne m'écrivez plus
de me souvenir de vous. Je ne puis
vous oublier, et je n'oublie pas aussi
que vous m'avez fait espérer que vous
viendriez passer quelque temps avec
moi...... Hélas! pourquoi n'y voulez-
vous pas passer toute votre vie? S'il
m'était possible de sortir de ce malheureux cloître, je n'attendrais pas
en Portugal l'effet de vos promesses:
j'irais, sans garder aucune mesure,

com tão extremada ternura ?— Não importa : estou resolvida a adorar-te toda a minha vida, e a não ver mais pessoa alguma....., e certifico-te que farias bem de não amar juntamente ninguem. Acaso poderias contentar-te com outra paixão menos ardente do que a minha? — Encontrarias talvez mais formosura (ainda que em outro tempo me disses-te que me não faltava gentileza); mas nunca acharias tanto amor..... e tudo o mais he nada.

Deixa de encher as tuas cartas de ociosidades : não me escrevas que me lembre de ti. —Eu não posso esquecer-te, nem tão ponco me esqueço da esperança que me déstes de vir passar commigo algum tempo. Ah! por-

vous chercher, vous suivre, et vous
aimer par tout le monde. Je n'ose me
flatter que cela puisse être; je ne veux
point nourrir une espérance qui me
donnerait assurément quelque plaisir, et je ne veux plus être sensible
qu'aux douleurs.

J'avoue cependant que l'occasion
que mon frère m'a donnée de vous
écrire, a surpris en moi quelques
mouvements de joie, et qu'elle a sus-
pendu pour un moment le désespoir
où je suis.....

Je vous conjure de me dire pourquoi vous vous êtes attaché à m'enchanter, comme vous avez fait, puisque vous saviez bien que vous deviez
m'abandonner? Eh! pourquoi avez-

que não queres tu passar assim toda a vida? Se me fosse possivel sahir desta amaldiçoada clausura, não esperaria certo em Portugal o cumprimento das tuas promessas; mas partiria desconcertadamente a buscar-te, seguir-te, e amar-te por todo o mundo. Não ouso lisongear-me desta possibilidade, e não quero nutrir huma esperança, que me daria seguramente algum gosto, pois só quero ser sensivel aos meus pezares.

Confesso todavia, que meu irmão, offerecendo-me huma occasião de escrever-te, causou-me a sorpresa de alguma sensação de alegria, e suspendeu por hum instante a desesperação em que estou.

vous été si acharné à me rendre malheureuse? que ne me laissiez-vous en
repos dans mon cloître? vous avais-je
fait quelque injure?..... Mais je vous
demande pardon: je ne vous impute
rien; je ne suis pas en état de penser
à ma vengeance, et j'accuse seulement la rigueur de mon destin. Il
me semble qu'en nous séparant, il
nous a fait tout le mal que nous pou-
vions craindre. Il ne saurait séparer
nos cœurs; l'amour, qui est plus
puissant que lui, les a unis pour toute
notre vie. Si vous prenez quelque intérêt à la mienne, écrivez-moi souvent. Je mérite bien que vous preniez
quelque soin de m'apprendre l'état
de votre cœur et de votre fortune.....

Conjuro-te de dizer-me para que te applicaste com tanta efficacia a encantar-me, como fizeste, sabendo mui bem que devias abandonar-me? — Ah! dize, porque motivo te assanhaste em fazer-me disgraçada? — Porque me não deixaste tranquilla no meu claustro? — que injuria ou mal te havia eu feito?

Mas perdoa: — não te imputo culpa alguma: — não me sinto forças de cuidar na minha vingança: — accuso unicamente o rigor do meu acerbo destino. Parece-me, que separando-nos, fez-nos todo o mal que podiamos temer. Separar nossos corações não poderia. O amor mais poderoso do que elle os ligou por

surtout venez me voir..... Adieu, je ne
puis quitter ce papier, il tombera
entre vos mains ; je voudrais bien
avoir le même bonheur....... Hélas !
insensée que je suis ! je m'aperçois
bien que cela n'est pas possible.......
Adieu , je n'en puis plus...... Adieu.....
aimez-moi toujours, et faites-moi
souffrir encore plus de maux.

toda a nossa vida. Se tens algum interesse na conservação da minha, escreve-me frequentemente. Bem mereço a attenção e cuidado de me participares o estado de teu coração, e da tua fortuna, — sobretudo vinde a ver-me. — Adeus! não posso largar este papel, que há de ir ás tuas mãos. — Bem quizéra ter a mesma dita..... —Ai! que loucura he a minha! Percebo ainda mal que isso não he possivel...... Adeus! não posso mais...... Adeus! amai-me constantemente, e fazei-me padecer inda maiores males.

LETTRE II.

Il me semble que je fais le plus grand tort du monde aux sentiments de mon cœur, de tâcher de vous les faire connaître en vous les écrivant. Que je serais heureuse, si vous en pouviez bien juger par la violence des vôtres! mais je ne dois pas m'en rapporter à vous; et je ne puis m'empêcher de vous dire, bien moins vivement que je ne le sens, que vous ne devriez pas me maltraiter, comme

CARTA SEGUNDA.

———

PARECE-ME que faço grão menos-
cabo dos sentimentos do meu coração, em procurar dar-te delles hum
perfeito conhecimento, escrevendo-
os. Quão venturosa seria eu, se tu
podesses avalia-los justamente pela
vehemencia dos teus! Mas tu não es
capaz de os julgar, nem eu devo pôr
em ti essa confiança; assim vejo-me
obrigada a dizer-te, e ainda menos vivamente do que o sinto, que não devias
maltratar-me como fazes, mostrando

vous faites, par un oubli qui me met
au désespoir, et qui est même hon-
teux pour vous. Il est bien juste, au
moins, que vous souffriez que je me
plaigne des malheurs que j'avais pré-
vus, quand je vous vis résolu à me
quitter. Je connais bien que je me
suis abusée, lorsque j'ai pensé que
vous auriez un procédé de meilleure
foi qu'on n'a accoutumé d'avoir, parce que l'excès de mon amour me met-
tait, ce semble, au-dessus de toutes
sortes de soupçons, et qu'il méritait
plus de fidélité qu'on n'en trouve d'ordinaire....... Mais la disposition que
vous avez à me trahir, l'emporte enfin
sur la justice que vous devez à tout
ce que j'ai fait pour vous.

hum esquecimento de mim, que me desespera por extremo, e mesmo a ti, serve de vituperio.

He bem justo ao menos, que toleres os meus queixumes dos infortunios por mim previstos, desde que sube a tua resolução de me deixar. Bem conheço que me enganei, em pensar que terias comigo hum procedimento de melhor fé do que he costume; por que me parecia, que o meu excessivo amor fazia-me superior a todas e quaisquer suspeitas, e merecia de ti huma fidelidade além da que se encontra de ordinario : mas tua propensão para trahir-me venceu emfim a justiça, que devias a tudo quanto por ti havia feito.

Je ne laisserais pas d'être bien malheureuse, si vous ne m'aimiez que parce que je vous aime, et je voudrais tout devoir à votre seule inclination ; mais je suis si éloignée d'être en cet état, que je n'ai pas reçu une seule lettre de vous depuis six mois.

J'attribue tous ces malheurs à l'aveuglement avec lequel je me suis abandonnée à m'attacher à vous. Ne devais-je pas prévoir que mes plaisirs finiraient plus tôt que mon amour ? Pouvais-je espérer que vous demeureriez toute votre vie en Portugal, et que vous renonceriez à votre fortune et à votre pays, pour ne penser qu'à moi ? Mes douleurs ne peuvent recevoir aucun soulagement, et le

Não deixaria ainda de ser bem desafortunada, se soubesse que me amavas unicamente por que eu te amo, pois quizéra tudo dever á tua própria inclinação : porém tão longe estou de hum tal estado, que são passados seis mezes em que nem huma só carta recebi de ti!

Todas estas disgraças attribuo á cegueira com que me abandonei a amarte. — Não devia eu prever que todo o meu contentamento feneceria mais de pressa que o meu amor? Podia eu esperar que te demorasses toda a vida em Portugal, e que renunciasses a tua fortuna e o teu paiz para te occupar somente de mim? — As minhas penas não podem admittir allivio al-

souvenir de mes plaisirs me comble
de désespoir.

Quoi ! tous mes désirs seront
donc inutiles!.... et je ne vous verrai
jamais dans ma chambre avec toute
l'ardeur et tout l'emportement que
vous me faisiez voir !

Mais, hélas! je m'abuse, et je ne
connais que trop, que tous les mouvements qui occupaient ma tête et
mon cœur, n'étaient excités en vous
que par quelques plaisirs, et qu'ils
finissaient aussitôt qu'eux.

Il fallait que, dans ces moments
trop heureux, j'appelasse ma raison
à mon secours, pour modérer l'excès
funeste de mes délices, et pour m'an-
noncer tout ce que je souffre pré-

gum, e a lembrança dos meus prazeres remata a minha desesperação.

Como assim? — Todos os meus
desejos se frustarão, e não tornarei
mais a ver-te na minha cella arre-
batado da ardente paixão que me
mostravas? Mas, ai de mim! quanto
me engano! Em demasia conheço
agora que todos os alvoroços, que
se apoderavam da minha cabeça e
do meu coração, em ti eram exci-
tados somente por alguns deleites,
que acabavam tão rapidamente como
elles.

Era-me necessario nesses momentos felicissimos implorar o auxilio da
minha razão, para moderar o funesto excesso das minhas delicias, e

5

sentement : mais je me donnais toute
à vous, et je n'étais pas en état de
penser à ce qui eût pu empoisonner
ma joie, et m'empêcher de jouir plei-
nement des témoignages ardents de
votre passion. Je m'apercevais trop
agréablement que j'étais avec vous,
pour penser que vous seriez un jour
éloigné de moi. Je me souviens pourtant de vous avoir dit quelquefois que
vous me rendriez malheureuse : mais
ces frayeurs étaient bientôt dissipées,
et je prenais plaisir à vous les sacrifier, et à m'abandonner à l'enchantement et à la mauvaise foi de vos
protestations.

Je vois bien le remède à tous mes
maux, et j'en serais bientôt délivrée

para annunciar-me tudo o que soffro presentemente. Mas entregava-me
toda a ti, e não me achava em estado
de pensar no que podia amargurar o
meu jubilo, e impedir-me de gozar
plenamente das fervorosas demons-
trações da tua affeição. Sentia demasiada satisfação de estar comtigo,
para poder lembrar-me de que hum
dia te acharias longe de mim. Lem-
bra-me comtudo de haver-te dito algumas vezes, que me farias disgraçada, mas estes receios desvaneciam-
se immediatamente, e comprazia-me
em fazer-te delles o sacrificio, e em
abandonar-me ao encanto, e á má
fé das tuas protestações.

Diviso mui bem qual seria o re-

si je ne vous aimais plus; mais, hélas!
quel remède!....... Non, j'aime mieux
souffrir encore davantage, que vous
oublier...... Hélas! cela dépend-il de
moi? Je ne puis me reprocher d'avoir
souhaité un seul moment de ne plus
vous aimer. Vous êtes plus à plaindre
que je ne le suis, et il vaut mieux
souffrir tout ce que je souffre, que de
jouir des plaisirs languissants que vous
donnent vos maîtresses de France.

Je n'envie point votre indifférence,
et vous me faites pitié....... Je vous
défie de m'oublier entièrement..... Je
me flatte de vous avoir mis en état
de n'avoir sans moi que des plaisirs
imparfaits; et je suis plus heureuse
que vous, puisque je suis plus occupée.

medio efficaz para os meus males, e delles me veria cedo livre, se cessasse de amar-te; mas ai de mim! que remedio cruel!.... Não, antes quero soffre-los, e muitos mais ainda, do que esquecer-te..... Ai! depende isso de mim? — Não posso accusar-me de ter hum só momento desejado não te amar. — Póde-se ter de ti mais dó que de mim; mais val padecer quanto padeço, do que gozar dos languidos prazeres que te dão as tuas amigas de França.

Não invejo a tua indifferença, — fazes-me lastima!.... Desafio-te a esquecer-me inteiramente...... Lisongeio-me de te haver reduzido ao estado de não teres sem mim gosto

L'on m'a fait depuis peu portière
en ce couvent : tous ceux qui me parlent croient que je suis folle; je ne
sais ce que je leur réponds : et il faut
que les religieuses soient aussi insensées que moi, pour m'avoir crue capable de quelque soin. Ah! j'envie
le bonheur d'Emmanuel et de Fran-
cisque : pourquoi ne suis-je pas incessamment avec vous, comme eux?
je vous aurais suivi, et je vous aurais
assurément servi de meilleur cœur.

Je ne souhaite rien en ce monde
que vous voir..... au moins souvenez-
vous de moi....... je me contente de
votre souvenir...... mais je n'ose m'en
assurer. Je ne bornais pas mes espérances à votre souvenir, quand je

5.

que não seja imperfeito; — e sou
mais feliz do que tu, por que tenho
mais occupação.

Há pouco tempo nomearam-me
Porteira neste Convento: todas as pessoas que tratam comigo presumem
que estou louca; — não sei o que
lhes respondo : he necessario que as
Religiosas sejam tão insensatas como
eu, para me julgarem capaz de algum emprego e cuidado. Oh! quanto
invejo a sorte do Manoel, e do Fran-
cisco! — Porque não estou como elles
sempre comtigo? — Teria partido em
tua companhia, e te serviria seguramente de melhor vontade.

Nada appeteço neste mundo senão
ver-te : — ao menos lembra-te de

vous voyais tous les jours : mais vous
m'avez bien appris qu'il faut que je
me soumette à tout ce que vous vou-
drez. Cependant je ne me repens
point de vous avoir adoré ; je suis
bien aise que vous m'ayez séduite :
votre absence rigoureuse, et peut-
être éternelle, ne diminue en rien
l'emportement de mon amour : je
veux que tout le monde le sache ; je
n'en fais point un mystère, et je suis
ravie d'avoir fait tout ce que j'ai fait
pour vous contre toute sorte de bienséance : je ne mets plus mon honneur et ma religion qu'à vous aimer
éperdument toute ma vie, puisque
j'ai commencé à vous aimer.

Je ne vous dis point toutes ces

mim ! — Contento-me com a tua lembrança; mas não ouso mesmo averi-
guar a certeza della: em outro tempo,
não punha eu esse termo ás minhas
esperanças, quando te via todos os
dias : — Mas ensinaste-me bem a necessidade da perfeita submissão a todas as tuas vontades. — Não me ar-
repende comtudo de haver-te ado-
rado, — folgo mesmo que me sedu-
zisses; — a tua ausencia rigorosa,
quiçá eterna, em nada diminue a vehemencia da minha paixão : — Quero
que todos o saibam; não faço mis-
terios della, e tenho a maior satisfação de tudo quanto fiz por amor de
ti, contra todas as regras do decoro :
não faço consistir a minha honra e

5.

choses pour vous obliger à m'écrire.
Ah! ne vous contraignez point : je
ne veux de vous que ce qui viendra
de votre mouvement, et je refuse
tous les témoignages de votre amour
dont vous pourriez vous empêcher.
J'aurai du plaisir à vous excuser,
parce que vous aurez, peut-être, du
plaisir à ne pas prendre la peine de
m'écrire : et je me sens une profonde
disposition à vous pardonner toutes
vos fautes.

Un officier français a eu la charité
de me parler ce matin plus de trois
heures de vous ; il m'a dit que la paix
de la France était faite. Si cela est,
ne pourriez-vous pas me venir voir,
et m'emmener en France? Mais je

devoção mais do que em amar-te perdidamente toda a minha vida, já que comecei a amar-te.

Não te digo todas estas cousas para obrigar-te a escrever-me : — Ah! não te faças violencia : — nada quero de ti que não seja espontaneo, e de teu proprio movimento : — rejeito todas as provas de amor que constrangido me déres. — Comprazer-me hia em desculpar-te, pela razão que te comprazerias talvez em evitar o trabalho de escrever-me : tão profunda he a minha disposição para perdoar-te todas as tuas faltas! —

Hum official Francez teve a caridade de passar tres horas, ou mais, commigo, fallando-me de ti : disse-me

ne le mérite pas: faites tout ce qu'il
vous plaira; mon amour ne dépend
plus de la manière dont vous me trai-
terez.

Depuis que vous êtes parti, je n'ai
pas eu un seul moment de santé, et
je n'ai aucun plaisir qu'en nommant
votre nom mille fois le jour. Quelques religieuses qui savent l'état déplorable où vous m'avez plongée,
me parlent de vous fort souvent. Je
sors le moins qu'il m'est possible de
ma chambre, où vous êtes venu tant
de fois, et je regarde sans cesse votre
portrait, qui m'est mille fois plus
cher que ma vie. Il me donne quelque
plaisir : mais il me donne aussi bien
de la douleur, lorsque je pense que je

que a paz da França estava feita. Se assim he, não poderias tu vir aqui ver-me, e levar-me comtigo para França?... Mas tanto não mereço:... faze tudo o que te agradar..... O meu amor já agora não depende do modo por que me tratares.....

Desde a tua partida, não tenho tido hum só momento de saude, nem sinto allivio senão em repetir o teu nome mil vezes no dia. Algumas Religiosas, que sabem o estado deploravel a que me réduziste, fallam me de ti frequentemente. Saio o menos que me he possivel da minha cella, aonde vieste tantas e tantas vezes, e ahi contemplo o teu retrato, que me he mais charo mil vezes

ne vous reverrai peut-être jamais.....
Pourquoi faut-il qu'il soit possible que
je ne vous revoie peut - être jamais ?
m'avez-vous pour toujours abandonnée? Je suis au désespoir....... votre
pauvre Marianne n'en peut plus.......
elle s'évanouit en finissant cette lettre...... Adieu, adieu..... ayez pitié de
moi........

do que a propria vida. Delle recebo algum contentamento, mas a este succede huma dolorosa tristeza, quando reflicto, que não tornarei talvez mais a ver-te. Porque fatalidade será possivel que nunca mais te veja?.... Acaso me abandonaste para sempre? . Estou desesperada :..... A tua pobre Marianna não pode mais :.... Desfallece acabando esta carta..... Adeus, adeus..... tem compaixão de mim.

LETTRE III.

Qu'est-ce que je deviendrai, et
qu'est-ce que vous voulez que je fasse?
Je me trouve bien éloignée de tout
ce que j'avais prévu. J'espérais que
vous m'écririez de tous les endroits
où vous passeriez, et que vos lettres
seraient fort longues ; que vous sou-
tiendriez ma passion par l'espérance
de vous revoir : qu'une entière confiance en votre fidélité me donnerait
quelque sorte de repos, et que je

CARTA TERCEIRA.

———

Que será de mim?.... e que queres tu que eu faça?.... Vejo-me bem longe de tudo o que tinha imaginado! Esperava que me escrevesses de todos os lugares por onde passasses; que as tuas cartas seriam mui extensas; que alimentarias a minha paixão com as esperanças de ainda ver-te; que huma inteira confiança na tua fidelidade me daria alguma especie de repouso; e que ficaria assim em hum estado as-

demeurerais cependant dans un état
assez supportable, sans d'extrêmes
douleurs : j'avais même pensé à quelques faibles projets de faire tous les
efforts dont je serais capable pour
me guérir, si je pouvais connaître
bien certainement que vous m'eussiez
tout - à - fait oubliée. Votre éloignement, quelques mouvements de dévo-
tion, la crainte de ruiner entièrement
le reste de ma santé par tant de veilles
et par tant d'inquiétudes, le peu d'apparence de votre retour, la froideur
de votre passion, et vos derniers
adieux, votre départ fondé sur d'assez méchants prétextes, et mille autres raisons, qui ne sont que trop
bonnes et que trop inutiles, sem-

sáz supportavel, sem extrema dor.
Tinha até formado algums leves projectos de fazer os esforços que me fossem possiveis para curar-me, no caso de saber com certeza que me tinhas esquecido completamente. A tua ausencia, alguns toques de devoção, o receio natural de arruinar totalmente a pouca saude que me resta, por cansadas vigilias, e tantas inquietaçoens, a escaça apparencia da tua volta, a frieza da tua affeição, e dos teus ultimos adeus, e a tua partida, fundada em frivolos pretextos, e mil outras razões mais que boas, e demasiado inuteis, pareciam prometter-me hum auxilio assáz certo, se me viesse a ser necessario. Não

blaient me promettre un secours
assez assuré, s'il me devenait nécessaire. N'ayant enfin à combattre que
contre moi-même, je ne pouvais jamais me défier de toutes mes faiblesses, ni appréhender tout ce que je
souffre aujourd'hui.

Hélas! que je suis à plaindre de
ne partager pas mes douleurs avec
vous, et d'être toute seule malheureuse! Cette pensée me tue, et je
meurs de frayeur que vous n'ayez jamais été extrêmement sensible à tous
nos plaisirs. Oui, je connais présentement la mauvaise foi de tous vos
mouvements : vous m'avez trahie toutes les fois que vous m'avez dit que
vous étiez ravi d'être seul avec moi.

tendo emfim a combater senão commigo, mal podia desconfiar de todas
as minhas fraquezas, nem apprehen-
der tudo o que hoje soffro.....

Ó triste de mim! Quanta compaixão mereço, visto não ser-mos ambos
participantes das penas, mas eu só a
disgraçada!.... Este pensamento ma-
ta-me, e morro de susto de que jamais tenhas sido extremamente sensivel a todos os nossos prazeres. Agora
sim conheço a má fé de todos os teus
affectos..... Enganavas-me todas as
vezes que me dizias ter summo gosto
de estar só commigo.... Ás minhas im-
portunações devo somente os teus
disvelos e transportes..... De sangue
frio formaste a tenção de me abra-

Je ne dois qu'à mes importunités vos empressements et vos transports : vous aviez fait de sang-froid un dessein de m'enflammer ; vous n'avez regardé ma passion que comme une victoire, et votre cœur n'en a jamais été profondément touché..... N'êtes-vous pas bien malheureux, et n'avez-vous pas bien peu de délicatesse, de n'avoir su profiter qu'en cette manière de mes emportements ? Et comment est-il possible qu'avec tant d'amour je n'aie pu vous rendre tout-à-fait heureux ? Je regrette, pour l'amour de vous seulement, les plaisirs infinis que vous avez perdus : faut-il que vous n'ayez pas voulu en jouir ? Ah! si vous les connaissiez, vous trouve-

zar, e consideraste a minha paixão como hum troféo, sem que o teu coração jamais fosse commovido entranhavelmente..... Não deves tu ser bem infeliz, e ter bem pouca delicadeza, para nunca haver sabido colher outro fructo dos meus enlevamentos?.... E como he possivel que, com tanto amor, eu não tenha podido fazerte-te completamente venturoso?.... Lamento, por amor de ti somente, as deleitações infinitas que perdestes :..... porque fatalidade não quizeste disfruta-las?..... Ah! se as conhecesses, acharias sem duvida, que são mais sensiveis de que a satisfação de me ter seduzida, e terias experimentado que somos mais feli-

riez sans doute qu'ils sont plus sensibles que celui de m'avoir abusée ; et
vous auriez éprouvé qu'on est beaucoup plus heureux, et qu'on sent quelque chose de bien plus touchant
quand on aime violemment, que lorsqu'on est aimé.

Je ne sais ni ce que je suis, ni ce
que je fais, ni ce que je désire ; je suis
déchirée par mille mouvements con-
traires...... Peut-on s'imaginer un état
si déplorable ? Je vous aime éperdument, et je vous ménage assez pour
n'oser, peut-être, souhaiter que vous
soyez agité des mêmes transports.....
Je me tuerais, ou je mourrais de
douleur sans me tuer, si j'étais assurée que vous n'avez jamais aucun

zes, e sentimos qualquer couza de mais fino mimo em amar ardentemente, do que em ser amados.

Não sei nem o que sou, nem o que faço, nem o que desejo :..... mil tormentos contrarios me despedaçam!.... Quem poderá imaginar hum estado mais deploravel?..... Amo-te como huma perdida, e modero-me ainda assim comtigo, até não ousar talvez desejar-te as mesmas tribulações, os mesmos transportes que me agitam..... Matar-me-hia, ou a não faze-lo, morreria de dor, se estivesse certa, que nunca tinhas repouso, que a tua vida era huma continua desordem, e perturbação, que não cessavas de derramar lagrimas, e que

6

repos, que votre vie n'est que trouble et qu'agitation, que vous pleurez sans cesse, et que tout vous est odieux.... Je ne puis suffire à mes maux ; comment pourrais-je supporter la douleur que me donneraient les vôtres, qui me seraient mille fois plus sensibles ?.......

Cependant je ne puis aussi me résoudre à désirer que vous ne pensiez point à moi ; et, à vous parler sincèrement, je suis jalouse avec fureur de tout ce qui vous donne de la joie, et qui touche votre cœur et votre goût en France.

Je ne sais pourquoi je vous écris. Je vois bien que vous aurez seulement pitié de moi, et je ne veux point de votre pitié.

tudo aborrecias..... Eu não me sinto forças para os meus males, como poderia supportar a dor que me causariam os teus, mil vezes mais penetrantes?....

Comtudo não posso do mesmo modo resolver-me a desejar, que não me tragas no pensamento, e para fallar-te sinceramente, sinto com furor ciumes de tudo quanto possa causar-te alegria, commover o teu coração, e dar-te gosto em França.

Ignoro por que motivo te escrevo :..... Vejo que apenas terás dó de mim, e eu rejeito a tua compaixão, e nada quero della. Enfado-me contra mim mesma, quando faço reflecção sobre tudo o que te sacrifiquei :.....

J'ai bien du dépit contre moi-même, quand je fais réflexion sur tout ce que je vous ai sacrifié : j'ai perdu ma réputation, je me suis exposée à la fureur de mes parents, à la sévérité des lois de ce pays contre les religieuses, et à votre ingratitude, qui me paraît le plus grand de tous les malheurs. Cependant je sens bien que mes remords ne sont pas véritables, que je voudrais, du meilleur de mon cœur, avoir couru, pour l'amour de vous, de plus grands dangers, et que j'ai un plaisir funeste d'avoir hasardé ma vie et mon honneur. Tout ce que j'ai de plus précieux ne devait-il pas être à votre disposition ? Et ne dois-je pas être

Perdi a minha reputação, expuz-me aos furores de meus Pais e Parentes, ás severas leis deste Reino contra as Religiosas..., e á tua ingratidão, que me parece a maior de todas as disgraças.....

Ainda assim eu sinto que os meus remorsos não são verdadeiros, e que do intimo de meu coração quizéra ter corrido muito maiores perigos por amor de ti, e provo hum funesto prazer de ter arriscado por ti vida e honra. Tudo o que me he mais precioso não devia eu entrega-lo á tua disposição?..... E não devo eu ter muita satisfação de o ter empregado como fiz?.... Parece-me até não estar contente, nem das minhas magoas,

bien aise de l'avoir employé comme j'ai fait?

Il me semble même que je ne suis guère contente ni de mes douleurs, ni de l'excès de mon amour, quoique je ne puisse, hélas! me flatter assez pour être contente de vous. Je vis, infidèle que je suis, et je fais autant de choses pour conserver ma vie que pour la perdre!....... Ah! j'en meurs de honte: mon désespoir n'est donc que dans mes lettres? Si je vous aimais autant que je vous l'ai dit mille fois, ne serais-je pas morte il y a long-temps? Je vous ai trompé; c'est à vous à vous plaindre de moi: Hélas! pourquoi ne vous en plaignez-vous pas? Je vous ai vu partir; je ne

nem do excesso de meu amor, ainda
que, ai de mim! não possa, mal pec-
cado, lisongearme de estar contente
de ti...... Vivo, e como desleal, faço
tanto por conservar a vida, quanto
por perde-la!... Morro de vergonha :...
acaso a minha desesperação existe
somente nas minhas cartas?.... Se eu
te amasse com aquelle extremo, que
milhares de vezes te disse, não teria
eu já de longo tempo cessado de viver?..... Enganei-te :..... tens toda a
razão de queixar-te de mim..... Ah!
porque te não queixas?... Vi-te partir;
nenhumas esperanças posso ter de
mais ver-te;.... e ainda respiro!... He
huma traição;.... peço-te della o per-
dão; mas não m'o concedas;.... tra-

puis espérer de vous voir jamais de
retour, et je respire cependant ! Je
vous ai trahi, je vous en demande
pardon : mais ne me l'accordez pas.
Traitez-moi sévèrement. Ne trouvez
point que mes sentiments soient assez violents. Soyez plus difficile à
contenter. Mandez-moi que vous
voulez que je meure d'amour pour
vous...... Et je vous conjure de me
donner ce secours, afin que je sur-
monte la faiblesse de mon sexe, et
que je finisse toutes mes irrésolu-
tions par un véritable désespoir.

Une fin tragique vous obligerait
sans doute à penser souvent à moi ;
ma mémoire vous serait chère, et vous
seriez, peut-être, sensiblement touché

ta-me rigorosamente;..... não julgues os meus sentimentos assáz vehemen-tes;... sê mais difficil de contentar;... ordena-me nas tuas cartas, que morra de amor por ti..... Oh! conjuro-te de me dar este auxilio, para poder vencer a fraqueza do meu sexo, e pôr termo ás minhas irresoluções, por hum golpe de verdadeira deses-peração.

Hum fim tragico obrigar-te-hia sem duvida, a pensar muitas vezes em mim;..... a minha memoria te seria chara....., e quiçá esta morte extraor-dinaria te causaria huma sensivel commoção. E a morte não he por ventura preferivel ao estado a que me abaixaste?.... Adeus! muito qui-

6.

d'une mort extraordinaire........ Ne
vaut-elle pas mieux que l'état où vous
m'avez réduite? Adieu, je voudrais
bien ne vous avoir jamais vu. Ah! je
sens vivement la fausseté de ce sentiment, et je connais, dans le moment où je vous écris, que j'aime
bien mieux être malheureuse en vous
aimant, que de ne vous avoir jamais
vu. Je consens donc sans murmure à
ma mauvaise destinée, puisque vous
n'avez pas voulu la rendre meilleure.
Adieu, promettez-moi de me regret-
ter tendrement, si je meurs de douleur, et qu'au moins la violence de
ma passion vous donne du dégoût et
de l'éloignement pour toutes choses.
Cette consolation me suffira ; et s'il

zéra nunca haver posto os olhos em ti. Ah! sinto vivamente a falsidade deste sentimento , e conheço neste mesmo instante em que te escrevo, quanto prefiro e prézo mais ser infeliz amando-te, do que não te haver jamais visto.

Cedo sem murmurar á minha malfadada sorte, já que tu não quizeste torna-la melhor. Adeus, promette-me de conservar huma terna, e maviosa saudade de mim , se eu fallecer de dor; e assim possa ao menos a violencia da minha paixão inspirar-te desgosto, e affastar-te de tudo! Esta consolação me será sufficiente, e se he força que te abandone para sempre, desejára muito não deixar-te a outra.

faut que je vous abandonne pour toujours, je voudrais bien ne vous laisser pas à une autre.

Ne seriez-vous pas bien cruel de vous servir de mon désespoir, pour vous rendre plus aimable, et pour faire voir que vous avez donné la plus grande passion du monde? Adieu, encore une fois...... Je vous écris des lettres trop longues: je n'ai pas assez d'égards pour vous; je vous en demande pardon, et j'ose espérer que vous aurez quelque indulgence pour une pauvre insensée, qui ne l'était pas, comme vous savez, avant qu'elle vous aimât. Adieu, il me semble que je vous parle trop souvent de l'état insupportable où je suis: cependant

Dize., não seria nimia crueldade a tua , se te servisses da minha deses-peração para pareceres mais amavel, mostrando que accendeste a maior paixão que houve no mundo? Adeus outra vez.... Escrevo-te cartas exces-sivamente longas, o que he huma falta de consideração para ti : peço-te mil perdões, e atrevo-me a esperar que terás alguma indulgencia para com huma pobre insensata, que o não era, como tu bem sabes, antes de amar-te. Adeus , parece-me que demasiadas vezes me dilato em fallar do estado insupportavel em que es-tou : comtudo agradeço-te do intimo do meu coração a desesperação que me causas, e aborreço o socego em

je vous remercie, dans le fond de mon cœur, du désespoir que vous me causez, et je déteste la tranquillité où j'ai vécu avant que je vous connusse. Adieu, ma passion augmente à chaque moment. Ah! que j'ai de choses à vous dire!

que vivi, antes de conhecer-te......
Adeus, a minha paixão cresce a cada
momento. Ah! quantas cousas tinha
ainda para dizer-te!....

LETTRE IV.

Votre lieutenant vient de me dire
qu'une tempête vous a obligé de re-
lâcher au royaume d'Algarve. Je crains
que vous n'ayez beaucoup souffert sur
la mer ; et cette appréhension m'a
tellement occupée, que je n'ai plus
pensé à tous mes maux..... Êtes-vous
bien persuadé que votre lieutenant
prenne plus de part que moi à tout
ce qui vous arrive ? Pourquoi en est-

~~~~~~

CARTA QUARTA.

———

O teu Tenente acaba de dizer-me,
que foras obrigado a arribar por força
de huma tormenta, no reino do Algarve. Receio que soffresses muito
sobre o mar, e esta apprehensão se
apoderou de mim tão vivamente,
que não cuidei mais nos meus males..... Estás tu bem persuadido,
que o teu tenente toma mais interesse do que eu, em tudo o que

il mieux informé, et enfin pourquoi ne m'avez-vous point écrit?

Je suis bien malheureuse, si vous n'en avez trouvé aucune occasion depuis votre départ; et je le suis bien davantage, si vous en avez trouvé sans m'écrire! Votre injustice et votre ingratitude sont extrêmes : mais je serais au désespoir, si elles vous attiraient quelque malheur; et j'aime beaucoup mieux qu'elles demeurent sans punition que si j'en étais vengée. Je résiste à toutes les apparences qui me devraient persuader que vous ne m'aimez guère; et je sens bien plus de disposition à m'abandonner aveuglément à ma passion, qu'aux raisons que vous me donnez

te acontece?.... Porque razão teve
elle esta informação antes de mim?...
finalmente, porque não me escreveste?....

Sou bem disgraçada, se nenhuma
occasião encontraste para o fazer depois da tua partida, e mais disgraçada ainda, se tendo occasião, me
não escreveste!..... A tua injustiça, e
a tua ingratidão são extremas; mas
affligir-me-hia desesperadamente, se
te careassem algum infortunio : pois
antes quero que dellas não recebas
o castigo, do que ver-me vingada.
Resisto a todas as apparencias que
deveriam persuadir-me de que mui
pouco amor me tens, e sinto maior
propensão a abandonar - me cega-

de me plaindre de votre peu de soin.

Que vous m'auriez épargné d'inquiétudes, si vos procédés eussent été aussi languissants les premiers jours que je vous vis, qu'ils m'ont paru depuis quelque temps! Mais qui n'aurait été abusée comme moi par tant d'empressements, et à qui n'eussent-ils pas paru sincères? Qu'on a de peine à se résoudre à soupçonner longtemps la bonne foi de ceux qu'on aime!

Je vois bien que la moindre excuse vous suffit; et, sans que vous preniez le soin de m'en faire, l'amour que j'ai pour vous vous sert si fidèlement, que je ne puis consentir à vous trouver coupable, que pour jouir du sensible

mente á minha paixão, do que ás
razões que me offereces para quei-
xar-me da tua falta de attenção e
cuidado.

Quantas inquietações me terias
poupado, se o teu procedimento
fosse tão remisso e languido nos
primeiros dias que te vi, como me
parece agora, e desde algum tempo !... Mas quem não deixaria enga-
nar-se como eu, por tantos disvélos,
e a quem não pareceriam elles sin-
ceros?.... Quanto custa resolver-nos
a suspeitar longamente da boa fé
daquelles que amamos!....

Vejo muito bem que a menor des-
culpa te satisfaz, e antes que tu at-
tendas a dar-mas, o amor que tenho

plaisir de vous justifier moi-même.

Vous m'avez subjuguée par vos assiduités, vous m'avez enflammée par vos transports, vous m'avez charmée par vos complaisances, vous m'avez rassurée par vos serments; mon inclination violente m'a séduite;..... et les suites de ces commencements, si agréables et si heureux, ne sont que des larmes, que des soupirs, et qu'une mort funeste, sans que je puisse y porter aucun remède!

Il est vrai que j'ai eu un bonheur bien inespéré en vous aimant : mais il me coûte d'étranges douleurs! tous les mouvements que vous me causez sont extrêmes. Si j'avais résisté avec opiniâtreté à votre amour;

por ti, serve-te com tanta fidelidade,
que não posso consintir em descu-
brir-te culpas, senão para gozar do
sensivel prazer de justificar - te eu
mesma.

Consumiste-me com as tuas assi-
duas perseveranças;..... inflammaste-
me com os teus transportes;... encan-
taste-me com as tuas finezas;.... asse-
guraste - me com os teus juramen-
tos;.... a minha inclinação violenta
seduzio-me,.... e as consequencias
destes começos, tão agradaveis, e tão
venturosos, não são mais do que lagrimas, gemidos, e huma funesta
morte, sem que possa achar-lhe algum remedio!

Verdade he que, amando-te, go-

si je vous avais donné quelque sujet de chagrin et de jalousie pour vous enflammer davantage ; si vous aviez remarqué quelque ménagement artificieux dans ma conduite ; si j'avais enfin voulu opposer ma raison à l'inclination naturelle que j'ai pour vous, dont vous me fîtes bientôt apercevoir (quoique mes efforts eussent été sans doute inutiles), vous pourriez me punir sévèrement, et vous servir de votre pouvoir : mais vous me parûtes aimable, avant que vous m'eussiez dit que vous m'aimiez...... vous me témoignâtes une grande passion ; j'en fus ravie, et je m'abandonnai à vous aimer éperdument.

Vous n'étiez point aveuglé comme

zei deleitações maravilhosas, mas custam-me hoje penas extraordinarias!.... Todas as commoções que me causas são extremas..... Se eu tivesse resistido ao teu amor, se te houvesse dado qualquer motivo de enfado e de ciume, para mais inflamar-te,.... se tivesses notado no meu proceder alguma reserva artificiosa, se eu em-fim tivesse querido oppor a razão á inclinação natural, que para ti sentia, e da qual cedo me advertiste (posto que os meus esforços sem duvida teriam sido inuteis), poderias castigar-me severamente, servindo-te de todo o teu poderio :.... mas pareceste-me amavel, antes de me haveres dito que me amavas :.... jurás-

7

moi; pourquoi avez-vous donc souffert que je devinsse en l'état où je me
trouve? Qu'est-ce que vous vouliez
faire de tous mes emportements, qui
ne pouvaient vous être que très-im-
portuns? Vous saviez bien que vous
ne seriez pas toujours en Portugal; et
pourquoi m'y avez-vous voulu choisir pour me rendre si malheureuse?
Vous eussiez trouvé sans doute en
ce pays quelque femme qui eût été
plus belle, avec laquelle vous eussiez
eu autant de plaisir, puisque vous
n'en cherchiez que de grossiers; qui
vous eût fidèlement aimé aussi long-
temps qu'elle vous eût vu, que le
temps eût pu consoler de votre absence, et que vous auriez pu quitter

te sentir por mim a maior paixão;...
fiquei de gosto absorpta;.... e entre-
guei-me a amar-te perdidamente.......

Tu não estavas como eu vendado,
por que soffreste pois que eu cahisse
no estado em que me acho?.... Que
querias - tu fazer dos meus enlevamentos, que não podiam deixar de
ser-te mui importunos?.... Tu bem
sabias que não havias de ficar sempre em Portugal; e porque a bel prazer me escolheste aqui, para fazer-
me tão disgraçada? Neste paiz terias
sem duvida encontrado outra qualquer mulher mais formosa, com a
qual terias desfructado iguais divertimentos, pois só os grosseiros pro-
curavas; que te teria amado com fi-

sans perfidie et sans cruauté...... Ce
procédé est bien plus d'un tyran attaché à persécuter, que d'un amant
qui ne doit penser qu'à plaire.

Hélas! pourquoi exercez-vous tant
de rigueur sur un cœur qui est à
vous? Je vois bien que vous êtes
aussi facile à vous laisser persuader
contre moi, que je l'ai été à me laisser persuader en votre faveur.

J'aurais résisté, sans avoir besoin
de tout mon amour, et sans m'apercevoir que j'eusse rien fait d'extraordinaire, à de plus grandes raisons
que ne peuvent être celles qui vous
ont obligé à me quitter. Elles m'eussent paru bien faibles, et il n'y en a
point qui eussent jamais pu m'arra-

delidade em quanto estivesses presente á sua vista, e que o tempo teria podido consolar facilmente da tua ausencia, e que tu terias podido abandonar sem perfidia e sem crueldade.... Semelhante procedimento he mais proprio de hum tyranno affincado a perseguir, do que de hum amante, que só deve pôr cuidado em agradar.

Ai de mim! porque tratas com tanto rigor hum coração todo teu? Vejo claramente que es tão facil em deixar-te persuadir contra mim, como eu o fui em deixar-me persuadir a favor de ti.....

Eu teria resistido, sem o estimulo de todo o meu amor, e sem o mais

cher d'auprès de vous : mais vous
avez voulu profiter des prétextes que
vous avez trouvés de retourner en
France.... Un vaisseau partait.... Que
ne le laissiez-vous partir ?..... Votre
famille vous avait écrit..... Ne savez-
vous pas toutes les persécutions que
j'ai souffertes de la mienne?.... Votre
honneur vous engageait à m'abandonner.... Ai-je pris quelque soin du
mien ?.... Vous étiez obligé d'aller servir votre roi..... Si tout ce qu'on dit
de lui est vrai, il n'a aucun besoin
de votre secours, et il vous aurait
excusé.

J'eusse été trop heureuse, si nous
avions passé notre vie ensemble :
mais puisqu'il fallait qu'une cruelle

leve pensamento de ter feito alguma façanha, a razões maiores do que as que pudéram obrigar-te a deixar-me.... Todas me teriam parecido mui fracas, e nenhumas teriam tido a força de arrancar-me de teu lado:.... mas tu quizeste aproveitar os prétextos, que pudeste achar para voltar a França..... Hum navio partia..... Deixa-lo partir!.... A tua familia te havia escrito..... Ignoras-tu as perseguições que eu soffri da minha?.... A honra obrigava-te a me abandonar.... Curei eu da minha?.... Tinhas obrigação de ir servir o teu Rei..... Se tudo que delle dizem he verdade, podia escusar os teus serviços, e saberia desculpar-te.

absence nous séparât, il me semble
que je dois être bien aise de n'avoir
pas été infidèle, et je ne voudrais pas,
pour toutes les choses du monde,
avoir commis une action si noire.
Quoi! vous avez connu le fond de
mon cœur et de ma tendresse, et
vous avez pu vous résoudre à me
laisser pour jamais, et à m'exposer
aux frayeurs que je dois avoir que
vous ne vous souveniez plus de moi....
que pour me sacrifier à une nouvelle
passion!

Je vois bien que je vous aime comme
une folle: cependant je ne me plains
point de toute la violence des mouvements de mon cœur; je m'accou-
tume à ses persécutions, et je ne

Teria sido nimiamente afortunada se juntos tivessemos passado a vida ; mas jà que era forçoso que huma ausencia cruel nos separasse, parece-me que devo sentir grande satisfacção de não ter sido infiel; e não quizéra, por quanto há no mundo, ter commetido huma acção tão feia..... Como!...... Conhecèste o fundo do meu coração, e o extremo da minha ternura, e pudeste resolver-te a deixar-me para todo sempre, e a expôr-me aos sustos que devem assaltar-me do teu esquecimento, ou ao receio de que te lembres somente de mim para sacrificar-me a huma nova paixão!....

Bem vejo que te amo como huma

7.

pourrais vivre sans un plaisir que je découvre, et dont je jouis en vous aimant, au milieu de mille douleurs.....

Mais je suis sans cesse persécutée par la haine et par le dégoût que j'ai pour toutes choses....... Ma famille, mes amis et ce couvent me sont insupportables...... Tout ce que je suis obligée de voir, et tout ce qu'il faut que je fasse de toute nécessité, m'est odieux. Je suis si jalouse de ma passion, qu'il me semble que toutes mes actions, et que tous mes devoirs vous regardent : oui, je me fais quelque scrupule de ne pas employer tous les moments de ma vie pour vous.

Que ferais-je, hélas! sans tant de haine et sans tant d'amour, qui rem-

louca : com tudo não me queixo de todos os impetos violentos do meu coração; habituo-me ás suas perseguições ; e mal poderia viver sem hum particular prazer que descubro e desfructo, amando-te entre mil dores e pezares.....

Mas o que me mortifica sem cessar he o enojo e aversão que tenho para tudo..... A minha familia, os meus amigos, este convento são-me, insupportaveis. Tudo que de obrigação devo ver, tudo que de necessidade devo fazer, me he odioso... Tão zelosa sou da minha paixão, que, a meu parecer, todas as minhas acções, todos os meus deveres te dizem respeito.... Sim, faço algum escrupulo se não

plissent mon cœur? Pourrais-je sur-
vivre à ce qui m'occupe incessamment, pour mener une vie tranquille
et languissante? Ce vide et cette in-
sensibilité ne peuvent me convenir.

Tout le monde s'est aperçu du changement entier de mon humeur, de
mes manières et de ma personne. Ma
mère m'en a parlé avec aigreur, et
ensuite avec quelque bonté. Je ne
sais ce que je lui ai répondu : il me
semble que je lui ai tout avoué. Les
religieuses les plus sévères ont pitié
de l'état où je suis : il leur donne même
quelque considération et quelque ménagement pour moi. Tout le monde
est touché de mon amour, et vous
demeurez dans une profonde indif-

emprego por ti todos os momentos da minha vida..... Que faria, ai de mim! sem tamanho odio, e tamanho amor, quaes enchem o meu corazão. Poderia eu sobreviver ao que me occupa continuadamente, para levar huma vida tranquilla, e languida?.... Não, semelhante vacuo, e tal insensibilidade não me convem.

Todos reparam na mudança completa do meu genio, do meu modo, e de toda a minha pessoa..... Minha mai fallou-me nisto ao principio com desabrimento, depois com alguma bondade..... Não sei o que lhe respondi;... parece-me que tudo lhe confessei.... As mais austeras Religiosas compadecem o estado em que me

férence !....... sans m'écrire que des lettres froides, pleines de redites..... la moitié du papier n'est pas remplie... et il paraît grossièrement que vous mourez d'envie de les avoir achevées..

Dona Brites me persécuta ces jours passés pour me faire sortir de ma chambre; et croyant me divertir, elle me mena promener sur le balcon d'où l'on voit Mertola. Je la suivis, et je fus aussitôt frappée d'un souvenir cruel, qui me fit pleurer tout le reste du jour. Elle me ramena, et je me jetai sur mon lit, où je fis mille réflexions sur le peu d'apparence que je vois de guérir jamais.

Ce qu'on fait pour me soulager

vêm : mesmo he cauza de mostra-
rem certa consideração, e melindre
para commigo. Todos se commovem
do meu insano amor,... e tu só, tu
permaneces em profunda indifferença!.... sem escrever-me senão cartas
frias, cheias de cansadas repetições,
que nem enchem a metade do papel...., dando a conhecer grosseira-
mente que morrias da impaciencia de
finda-las.

Dona Brites perseguio-me, há algums dias, para fazer-me sahir do
meu apousento, e julgando divertir-
me, levou-me á varanda donde se vê
Mértola.... Segui-a, sim; mas ali fui
assaltada immediatamente por huma
cruel lembrança, que me fez derra-

aigrit ma douleur, et je trouve dans
les remèdes mêmes des raisons par-
ticulières de m'affliger. Je vous ai vu
souvent passer en ce lieu avec un
air qui me charmait; et j'étais sur ce
balcon le jour fatal que je commençai à sentir les premiers effets de ma
passion malheureuse. Il me sembla
que vous vouliez me plaire, quoique
vous ne me connussiez pas : je me
persuadai que vous m'aviez remar-
quée entre toutes celles qui étaient
avec moi. Je m'imaginai que lorsque
vous vous arrêtiez, vous étiez bien
aise que je vous visse mieux, et que
j'admirasse votre adresse, lorsque
vous poussiez votre cheval. J'étais
surprise de quelque frayeur, lorsque

mar lagrimas todo o resto do dia. Re-
conduzio-me; e apenas chegada dei-
tei-me sobre a cama, aonde fiz mil
reflexões sobre a pouca apparencia
que vejo de jamais sarar.... Tudo que
fazem para aliviar-me exaspera a
minha dor, e nos mesmos remedios
acho motivos particulares de affligir-
me... Naquelle lugar te vi passar muitas vezes com hum garbo, e gentileza
que me encantavam. Achava-me sobre
esta varanda no dia fatal em que comecei a sentir os primeiros effeitos
da minha desditosa paixão. Pareceu-
me que desejavas agradar-me, ainda
sem me conheceres; persuadi-me que
me tinhas distinguido entre todas as
minhas companheiras; imaginei quan-

vous le faisiez passer dans un endroit
difficile : enfin je m'intéressais secrè-
tement à toutes vos actions. Je sentais bien que vous ne m'étiez point
indifférent, et je prenais pour moi
tout ce que vous faisiez. Vous ne
connaissez que trop les suites de ces
commencements ; et quoique je n'aie
rien à ménager, je ne dois pas vous
les écrire, de crainte de vous rendre
plus coupable, s'il est possible, que
vous ne l'êtes, et d'avoir à me reprocher tant d'efforts inutiles pour vous
obliger à m'être fidèle....... Vous ne
le serez point. Puis-je espérer, de
mes lettres et de mes reproches, ce
que mon amour et mon abandon-
nement n'ont pu sur votre ingrati-

do te demoravas, que tinhas gosto de
que eu admirasse a destreza, e bizar-
ria com que arremessavas o teu ca-
vallo; sorprendeu-me mesmo o susto
que experimentei, quando o fizeste
passar por hum sitio escabroso; emfim interessava-me secretamente em
todas as tuas acções : bem sentia que
não me eras indifferente, e tomava
para mim tudo o que fazias.

Tu conheces em demasia as consequencias destes começos; e ainda que
não tenha a guardar respeitos, não
devo comtudo referir-tas, receando
de augmentar os teus crimes, e de
arguir-me de tantas diligencias inuteis
para obrigar-te a ser-me fiel... Não o
serás, ingrato!... Como posso eu espe-

tude? Je suis trop assurée de mon
malheur; votre procédé injuste ne
me laisse pas la moindre raison d'en
douter, et je dois tout appréhender,
puisque vous m'avez abandonnée.

N'aurez-vous de charmes que pour
moi, et ne paraîtrez-vous pas agréable à d'autres yeux? Je crois que je
ne serai pas fâchée que les sentiments des autres justifient les miens
en quelque façon; et je voudrais que
toutes les femmes de France vous
trouvassent aimable, qu'aucune ne
vous aimât, et qu'aucune ne vous
plût. Ce projet est ridicule et impossible; néanmoins, j'ai assez éprouvé
que vous n'êtes guère capable d'un
grand attachement, et que vous pour-

rar das minhas cartas, e dos meus queixumes, o que o meu amor, e inteiro abandono não puderam vencer da tua ingratidão?

Estou mais que certa da minha infelicidade, o teu iniquo procedimento não me deixa a menor razão para duvida-la; tudo devo aprehender, pois me abandonaste!

Os teus attractivos terão por ventura só poder sobre mim? Deixarástu de parecer bem a outros olhos?... Creio que não desestimaria que os sentimentos dos outros justificassem de algum modo os meus, e quizéra que todas as Damas de França te reputassem amavel, que nenhuma te amasse, e que nenhuma te agradasse.

rez bien m'oublier sans aucun secours,
et sans y être contraint par une nouvelle passion. Peut-être voudrais-je
que vous eussiez quelque prétexte
raisonnable...... Il est vrai que je serais plus malheureuse, mais vous ne
seriez pas si coupable.

Je vois bien que vous demeurerez
en France, sans de grands plaisirs,
avec une entière liberté. La fatigue
d'un long voyage, quelque petite
bienséance, et la crainte de ne ré-
pondre pas à mes transports, vous
retiennent...... Ah! ne m'appréhen-
dez point..... je me contenterai de vous
voir de temps en temps, et de savoir
seulement que nous sommes en même
lieu. Mais je me flatte peut-être, et

Este projecto fantastico he ridiculo e
impossivel; não obstante saber assaz
de propria experiencia quão pouco es
capaz de huma tenar affeição, e que
para esquecer-me não careces de auxilio algum, nem de ser constrangido
por huma nova paixão. Talvez dese-
java conhecer-te algum pretexto com
lume de razão: verdade he que eu seria mais disgraçada, mas tu menos
culpavel.

Vejo ainda mas que te demorarás
em França, sem grande contentamento, com plena liberdade. As fadi-
gas de huma viagem longa, quaisquer
pequeninas obrigações, e o pejo de
não saber corresponder aos meus
transportes, são as causas que te re-

vous serez plus touché de la rigueur
et de la sévérité d'une autre, que vous
ne l'avez été de mes faveurs. Est-il
possible que vous serez enflammé
par de mauvais traitements?.....

Mais avant que de vous engager dans
une grande passion, pensez bien à
l'excès de mes douleurs, à l'incertitude de mes projets, à la diversité de
mes mouvements, à l'extravagance
de mes lettres, à mes confiances, à
mes désespoirs, à mes souhaits, à
ma jalousie...... Ah! vous allez vous
rendre malheureux : je vous conjure
de profiter de l'état où je suis, et
qu'au moins ce que je souffre pour
vous ne vous soit pas inutile.

Vous me fîtes, il y a cinq ou six

tem. Ah! não me temas... Contentar-
me-hei com ver-te de tempos a tempos,
e saber unicamente que vivemos no
mesmo sitio, e respiramos o mesmo ar.

Mas, quiçá lisongeio-me, a severi-
dade e rigores de outra mulher te
commoverão mais do que te commo-
veram os meus favores... Será possivel
que maós tratos tenham a efficacia de
incender-te?

Reflecte porem, antes de enlear-te
em huma grande paixão, e attende o
excesso das minhas dolorosas afflic-
ções, a incerteza de todos meus projectos, a diversidade das agitações de
minha alma, a extravagancia das
minhas cartas, as minhas confianças,
as minhas desesperações, os meus

8

mois, une fâcheuse confidence ;
vous m'avouâtes, de trop bonne
foi, que vous aviez aimé une dame dans votre pays. Si elle vous
empêche de revenir, mandez-le-moi
sans ménagement, afin que je ne lan-
guisse plus. Quelque reste d'espérance me soutient encore, et je serai
bien aise, si elle ne doit avoir aucune
suite, de la perdre tout-à-fait, et de
me perdre moi-même. Envoyez-moi
son portrait avec quelqu'une de ses
lettres : écrivez-moi tout ce qu'elle
vous dit. J'y trouverai peut-être des
raisons de me consoler ou de m'affliger davantage. Je ne puis demeurer
plus long-temps dans l'état où je
suis, et il n'y a point de changement

anhelantes desejos, os meus ciumes...
Ah! guarda-te da infelicidade que te
espera... Conjuro-te de tirar proveito
do estado em que eu cahi, para que,
ao menos, o que soffro por ti, não te
seja inutil.

Haverá cinco ou seis mezes fizeste-
me huma confidencia molesta, con-
fessando-me com demasiada since-
ridade, que tinhas amado huma Da-
ma no teu paiz..... Se he ella quem
te impede de voltar aqui; dize-m'o
sem disfarce, para que cesse de finar-
me lentamente. Algum resto de esperança sustenta-me ainda; mas se este
deve ser frustrado, estimaria mais
perde-la inteiramente, e perder-me
com ella.... Manda-me o seu retrato,

8.

qui ne me soit favorable. Je voudrais aussi avoir le portrait de votre frère et de votre belle-sœur. Tout ce qui vous est quelque chose m'est fort cher, et je suis entièrement dévouée à ce qui vous touche..... Je ne me suis laissé aucune disposition de moi-même ..... Il y a des moments où il me semble que j'aurais assez de soumission pour servir celle que vous aimez. Vos mauvais traitements et vos mépris m'ont tellement abattue, que je n'ose quelquefois penser seulement qu'il me semble que je pourrais être jalouse sans vous déplaire, et que je crois avoir le plus grand tort du monde de vous faire des reproches. Je suis souvent convaincue que je

e algumas das suas cartas : escreve-me
tudo o que ella te diz : talvez desco-
brirei motivos de consolar-me, ou de
ainda mais affligir-me. Não posso atu-
rar por mais tempo este trabalhoso
estado em que permaneço : toda mudança me será favoravel..... Quizéra
tambem possuir o retrato de teu
irmão, e o de tua cunhada. Tudo que
te pertence me he por extremo charo;
e sou perfeitamente devota a tudo
que te diz respeito. Nada reservei
para mim, nenhuma disposição de
mim - mesma.... Há momentos nos
quais me parece, que seria capaz de
submetter-me até a servir aquella que
amas.... Tanto os teus maós tratos e
desprezos me tem abatido, que não

ne dois point vous faire voir avec
fureur, comme je fais, des sentiments
que vous désavouez.

Il y a long-temps qu'un officier
attend votre lettre : j'avais résolu de
l'écrire de manière à vous la faire recevoir sans dégoût; mais elle est trop
extravagante, il faut la finir. Hélas!
il n'est pas en mon pouvoir de m'y
résoudre : il me semble que je vous
parle quand je vous écris, et que vous
m'êtes un peu plus présent. La première ne sera pas si longue ni si im-
portune; vous pourrez l'ouvrir et la
lire, sur l'assurance que je vous donne.
Il est vrai que je ne dois point
vous parler d'une passion qui vous
déplaît, et je ne vous en parlerai plus.

ouso ás vezes, nem se quer cogitar que poderia, a meu parecer, demandar-te ciumes sem desagradar-te, e que creio obrar com a maior semrazão em dirigir-te reproches.... Muitas vezes deixo-me convencer, que não devo manifestar-te, com insano furor, como faço, sentimentos que tu desdenhas.

Há muito tempo que hum official espera por esta carta... Tinha resolvido escreve-la de modo que podesses recebe-la sem disgosto, mas he demasiado extravagante:... he necessario termina-la. Ai de mim! não me sinto forças para tomar esta resolução; parece-me que te fallo quando te escrevo, e que me estás algum tanto

Il y aura un an dans peu de jours que je m'abandonnai toute à vous, sans ménagement. Votre passion me paraissait fort ardente et fort sincère; et je n'eusse jamais pensé que mes faveurs vous eussent assez rebuté, pour vous obliger à faire cinq cents lieues, et à vous exposer à des naufrages pour vous en éloigner : personne ne m'était redevable d'un pareil traitement. Vous pouvez vous souvenir de ma pudeur, de ma confusion et de mon désordre ; mais vous ne vous souvenez pas de ce qui vous engagerait à m'aimer malgré vous.

L'officier qui doit vous porter cette lettre me mande, pour la quatrième

mais presente..... A primeira que te escrever não será nem tão extensa, nem tão enfadonha; poderás abri-la, e lê-la fiado na minha palavra. Verdade he que não devo fallar-te de huma paixão que te he desagradavel, e della mais não te fallarei.

Daqui a poucos dias fará hum anno que me abandonei toda a ti, sem alguma consideração, e comedimento! O teu amor parecia-me muito fervoroso, e muito sincero, e jamais teria pensado, nem por sombras, que os meus favores te desgostassem, até obrigarem-te a fazer quinhentas legoas, e a expor-te a naufragios, só para te alongares de mim: de ninguem era de esperar semelhante tratamen-

8..

fois, qu'il veut partir. Qu'il est pressant! il abandonne sans doute quelque malheureuse en ce pays.

Adieu, j'ai plus de peine à finir ma lettre que vous n'en avez eu à me quitter, peut-être pour toujours. Adieu, je n'ose vous donner mille noms de tendresse, ni m'abandonner sans contrainte à tous mes mouvements. Je vous aime mille fois plus que ma vie, et mille fois plus que je ne pense...... Que vous m'êtes cher! et que vous m'êtes cruel! Vous ne m'écrivez point; je n'ai pu m'empêcher de vous dire encore cela...... Je vais recommencer, et l'officier partira...... Qu'importe? qu'il parte!..... J'écris plus pour moi que pour vous;

to!... Podes lembrar-te do meu pudor,
da minha confusão, da minha desordem;... mas tu não te lembras de cousa
alguma, que haja de obrigar-te, mal
grado teu, a amar-me!

O official, que deve levar-te a
minha carta, avisa-me pela quarta vez
que quer partir. Que pressa tem!....
Abandona certamente alguma pobre
disgraçada neste païz.

Adeus, custa-me mais a acabar esta
carta, do que te custou deixar-me,
talvez para sempre. Adeus, não me
atrevo a dar-te mil ternos nomes,
nem abandonar-me livre de qualquer
constrangimento a todos os meus affectos... Amo-te mil vezes mais que a
propria vida, e mil vezes mais do que

je ne cherche qu'à me soulager......
Aussi-bien la longueur de ma lettre
vous fera peur : vous ne la lirez point....
Qu'est-ce que j'ai fait pour être si
malheureuse ? et pourquoi avez-vous
empoisonné ma vie ? Que ne suis-je
née en un autre pays ! Adieu, par-
donnez-moi ; je n'ose plus vous prier
de m'aimer....... Voyez où mon destin
m'a réduite ! Adieu.

imagino. Quanto me es charo, e quanto es cruel para mim!... Tu não me escreves!... Não pude cohibir-me de repetir-te ainda isto.... Torno a principiar, e o official partirá... Que importa?... Parta embora!.. Eu escrevo mais para mim do que para ti.... Al não procuro senão desabafar; assim tambem o cumprimento da minha carta te ha-de metter medo;... não a lerás.... Que fiz eu para ser tão des-ditosa?.... E porque inficionaste com veneno a minha vida?... Ah! porque não nasci em outra terra?... Adeus, desculpa-me :... não ouso rogar-te que me ames..... Vede a que termos me reduzio o meu destino!... Adeus!

~~~~~~~~~~~~~~~~~~~~~~~~~~~~~~~~~~~

LETTRE V

ET DERNIÈRE.

———

Je vous écris pour la dernière fois.... et j'espère vous faire connaître, par la différence des termes, et de la manière de cette lettre, que vous m'avez enfin persuadée que vous ne m'aimez plus, et qu'ainsi je ne dois plus vous aimer.

Je vous renverrai donc, par la première voie, tout ce qui me reste encore de vous. Ne craignez pas que je

CARTA QUINTA

E ULTIMA.

————

Esta he a ultima carta que te escrevo, e espero fazer-te conhecer pela differença dos termos e do estilo della, que me persuadiste emfim que não me amavas, e por tanto que devo cessar de amarte. Aproveitarei pois a primeira occasião para mandarte o que me resta de ti.... Não arreceies que te escreva, por que mesmo não porei o teu nome no sobrescrito. De

vous écrive; je ne mettrai pas même
votre nom sur le paquet. J'ai chargé
de tout ce détail Dona Brites, que
j'avais accoutumée à des confidences
bien éloignées de celle-ci : ses soins
me seront moins suspects que les
miens. Elle prendra toutes les pré-
cautions nécessaires, afin de pouvoir
m'assurer que vous avez reçu le portrait et les bracelets que vous m'avez
donnés. Je veux cependant que vous
sachiez que je me sens, depuis quelques jours, en état de brûler et de
déchirer ces gages de votre amour,
qui m'étaient si chers; mais je vous
ai fait voir tant de faiblesse, que vous
n'auriez jamais cru que j'eusse pu de-
venir capable d'une telle extrémité....

todas particularidades encarreguei
Dona Brites, a qual eu tinha acostu-
mado a confidencias mui diversas
desta : os seus cuidados me serão
menos suspeitos que os meus. Ella
ha-de usar de todas as cautelas pre-
cisas a fim de poder assegurar-me que
recebeste o retrato, e pulseiras que
me déste. Quero porém que saibas
que desde algums dias me sinto em
estado de poder rasgar e queimar os
penhores do teu amor, que tão extre-
mosamente queridos tinha ; mas dei-
te a conhecer tanta fraqueza, que
jamais terias acreditado que eu che-
gasse a ser capaz de huma tal extre-
midade... Quero assim comprazer-me
em toda a pena, que experimentei,

Je veux donc jouir de toute la peine
que j'ai eue à m'en séparer, et vous
donner au moins quelque dépit. Je
vous avoue, à ma honte et à la vô-
tre, que je me suis trouvée plus at-
tachée que je ne veux vous dire à
ces bagatelles, et que j'ai senti que
j'avais un nouveau besoin de toutes
mes réflexions pour me défaire de
chacune en particulier, lors même
que je me flattais de n'être plus at-
tachée à vous : mais on vient à bout
de ce qu'on veut avec tant de raisons. Je les ai mises entre les mains
de Dona Brites...... Que cette résolution m'a coûté de larmes! Après
mille mouvements et mille incerti-
tudes que vous ne connaissez pas, et

separando-me delles, e causar-te ao menos qualquer agastamento.

Confesso com vergonha minha, e tua, que me achei mais apegada do que quero dize-lo, a estas ninharias, e que senti serem-me de novo necessarias todas as minhas reflexoes, para desembaraçar-me de cada huma em particular, quando já me lisongeava de não ser-te mais affeiçoada. Mas tudo se conségue, sendo ahi a vontade ajudada de tantas razões.

Entreguei-as a Dona Brites... Quantas lagrimas me custou esta resolução! Depois de mil agitaçoes, mil incertezas, que tu não conheces, e de que não te darei conta seguramente, pedi-lhe com as maiores instancias de

dont je ne vous rendrai pas compte
assurément...... je l'ai conjurée de ne
m'en parler jamais, de ne me les rendre jamais, quand même je les de-
manderais pour les revoir encore une
fois, et de vous les renvoyer enfin
sans m'en avertir.

Je n'ai bien connu l'excès de mon
amour que depuis que j'ai voulu faire
tous mes efforts pour m'en guérir;
et je crois que je n'eusse osé l'entreprendre, si j'eusse pu prévoir tant
de difficultés et tant de violence. Je
suis persuadée que j'eusse senti des
mouvements moins désagréables en
vous aimant, tout ingrat que vous
êtes, qu'en vous quittant pour toujours. J'ai éprouvé que vous m'étiez

não me fallar mais nellas, de não restituir-m'as, ainda quando lh'as pedisse somente para as ver huma derradeira vez, e de envia-las finalmente, sem dar-me aviso.

Só conheci bem o excesso do meu amor, depois que quiz fazer todos os esforços para curar-me delle, e creio que não teria ousado attenta-lo, se tivesse antevisto tamanhas difficuldades e tantas violencias. Estou persuadida que teria sentido perturbações menos desagradaveis, amando-te, ingrato como és, do que despedindo-me de ti para todo sempre. Experimentei que te queria menos do que a minha paixão, e tive extraordinario trabalho em combate-la, depois que os teus

moins cher que ma passion, et j'ai
eu d'étranges peines à la combattre,
après que vos procédés injurieux
m'ont rendu votre personne odieuse.

L'orgueil ordinaire de mon sexe
ne m'a point aidée à prendre des
résolutions contre vous. Hélas! j'ai
souffert vos mépris; j'eusse supporté
votre haine, et toute la jalousie que
m'eût donné l'attachement que vous
eussiez pu avoir pour une autre.
J'aurais eu au moins quelque passion
à combattre; mais votre indifférence
m'est insupportable. Vos impertinentes protestations d'amitié, et les civi-
lités ridicules de votre dernière lettre,
m'ont fait voir que vous aviez reçu
toutes celles que je vous ai écrites;

injuriosos procedimentos me fizeram
a tua pessoa odiosa.

A altivez propria do meu sexo não
me ajudon a tomar estas resoluções
contra ti. Ai de mim! Tenho soffrido
os teus desprezos, teria supportado o
teu odio, e até o negro ciume que
me causasse a tua affeição para outra;
pois teria tido ao menos alguma
paixão com que pelejar, mas a tua
indifferença me he insupportavel!....
As impertinentes tuas protestaçoes
de amizade, e os ridiculos compri-
mentos da tua ultima carta me fizeram
ver que tinhas recebido todas as que
te escrevi, que não moveram no teu
coração nenhuns affectos, e que todavia as lestes!.... Ingrato!.... Tal he

qu'elles n'ont causé dans votre cœur
aucun mouvement, et que cependant vous les avez lues..... Ingrat! je
suis encore assez folle pour être au
désespoir de ne pouvoir me flatter
qu'elles ne soient pas venues jusqu'à vous, et qu'on ne vous les ait
pas rendues.

Je déteste votre bonne foi..... Vous
avais-je prié de me mander sincèrement la vérité?..... Que ne me laissiez-vous ma passion! vous n'aviez
qu'à ne me point écrire; je ne cher-
chais pas à être éclaircie. Ne suis-je
pas bien malheureuse de n'avoir pu
vous obliger à prendre quelque soin
de me tromper...... et de n'être plus
en état de vous excuser? Sachez que

ainda a minha loucura que me des-
espero por não poder lisongear-me
que ellas não chegassem até ahi, ou
que não te fossem entregues.

Detesto a tua lhaneza.... Por ventura tinha-te pedido de me participares singelamente a verdade?... Porque me não deixavas as illusões da
minha paixão!... Bastava não me escrever : eu não procurava ser alu-
miada e desenganada. Não he grande
desdita a minha quando vejo, que não
pude obrigar-te se quer a usar de alguma precaução para continuar a
trazer-me em doce engano, e que
assim não sei mais como desculpar-te!... Sabe pois que percebo emfim
seres indigno de todos os meus sen-

je m'aperçois que vous êtes indigne de tous mes sentiments, et que je connais toutes vos méchantes qualités.

Cependant, si tout ce que j'ai fait pour vous peut mériter que vous ayez quelques petits égards pour les graces que je vous demande, je vous conjure de ne m'écrire plus, et de m'aider à vous oublier entièrement.... Si vous me témoigniez, faiblement même, que vous avez eu quelque peine en lisant cette lettre....... je vous croirais peut-être; et peut-être aussi votre aveu et votre consentement me donneraient du dépit et de la colère; et tout cela pourrait m'enflammer....... Ne vous mêlez donc

timentos, e conheço todas as tuas
ruins qualidades.

Porém se tudo quanto obrei por
amor de ti, pode merecer que dês
alguma, ainda que tenue, attenção ao
favor que imploro, conjuro-te de não
me escrever mais, e de ajudar-me a
perder inteiramente de ti a memoria.
Se levemente mesmo me affirmasses
ter sentido algum pezar, lendo esta
carta, talvez te acreditaria, e talvez
tambem a tua confissão, e o teu con-
sentimento me causariam despeito,
e ira, e tudo isto poderia atear em
mim de novo a chama.

Não te embaraçes pois com a minha
conducta; derribarias todos os meus
projectos de qualquer modo que te

point de ma conduite; vous renver-
seriez sans doute tous mes projets,
de quelque manière que vous vou-
lussiez y entrer. Je ne veux point savoir le succès de cette lettre; ne trou-
blez pas l'état que je me prépare :
il me semble que vous pouvez être
content des maux que vous me causez, quelque dessein que vous ayez
formé de me rendre malheureuse.
Ne m'ôtez point de mon incertitude;
j'espère que j'en ferai avec le temps
quelque chose de tranquille. Je vous
promets de ne vous point haïr; je
me défie trop des sentiments violents pour oser l'entreprendre.

Je suis persuadée que je trouverais
en ce pays un amant plus fidèle.....

quizesses ingerir nelles. Não quero
saber o successo desta carta : não
venhas perturbar aquelle estado para
o qual me disponho. Parece-me que
podes estar satisfeito dos males que
já me causas, qualquer que fosse o
teu primeiro intento de fazer-me
disgraçada. Não me prives da minha
incerteza; espero com tempo alcan-
çar por meio della alguma tranquili-
dade. Prometto de não aborrecer-te;
desconfio demasiadamente de todo
sentimento violento, para ousar in-
tenta-lo.

Estou persuadida que acharia neste
paiz hum amante mais fiel;... mas ai!
quem poderia dar-me amor? A paixão
de outrem teria acaso virtude de oc-

mais hélas! qui pourra me donner
de l'amour? La passion d'un autre
m'occupera-t-elle? la mienne a-t-elle
pu quelque chose sur vous? N'éprou-
vé-je pas qu'un cœur attendri n'oublie jamais ce qui l'a fait s'apercevoir
des transports dont il était capable,
et qu'il ne connaissait pas; que tous
ses mouvements sont attachés à l'i-
dole qu'il s'est faite; que ses premières blessures ne peuvent être ni
guéries ni effacées; que toutes les
passions qui s'offrent à son secours,
et qui font des efforts pour le rem-
plir et pour le contenter, lui promet-
tent vainement une sensibilité qu'il
ne retrouve plus; que tous les plaisirs qu'il cherche, sans aucune envie

cupar-me?... Que poder teve a minha sobre ti! Não fiz eu a experiencia que hum coração enternecido não esquece mais o que o fez descobrir transportes que não conhecia, e de que era capaz; que todos seus affectos e movimentos estão profundamente arraigados ao idolo, que erigio para a sua adoração;... que as suas primeiras feridas não podem ser nem cicatrizadas, nem extinctas; que todas as paixões, que lhe offerecem soccorro, e com todas suas forças tentam enche-lo, e contenta-lo, lhe promettem vãamente huma sensibilidade que não recupera mais; que todos os prazeres que procura, sem desejo de os encontrar, não servem senão para con-

de les rencontrer, ne servent qu'à lui faire bien connaître que rien ne lui est si cher que le souvenir de ses douleurs?

Pourquoi m'avez-vous fait connaître l'imperfection et le désagrément d'un attachement qui ne doit pas durer éternellement, et les malheurs qui suivent un amour violent lorsqu'il n'est pas réciproque? Et pourquoi une inclination aveugle et une cruelle destinée s'attachent-elles, d'ordinaire, à nous déterminer pour ceux qui seraient sensibles pour quelque autre?

Quand même je pourrais espérer quelque amusement dans un nouvel engagement, et que je trouverais

vence-lo, que nada lhe he tão charo como a lembrança das suas penas?

Para que me fizeste conhecer a imperfeição, e desagrado de huma paixão, que não deve durar eternamente, e os infortunios que acompanham hum amor violento, quando não he reciproco? E por que causa huma inclinação cega, e hum cruel destino se aferram de ordinario em decidir-nos por aquelles que nos desamam, e que seriam sensiveis a outros amores?

Quando mesmo eu podesse esperar qualquer distracção, e recreio de huma nova affeição, e encontrar hum homem sincero ao qual me liasse, tenho tanto dó de mim, que faria

9.

quelqu'un de bonne foi, j'ai tant de
pitié de moi-même, que je me ferais
beaucoup de scrupule de mettre le
dernier homme du monde dans l'état
ou vous m'avez réduite ; et quoique
je ne sois pas obligée à vous ménager, je ne pourrais me résoudre à
exercer sur vous une vengeance si
cruelle, quand même elle dépendrait
de moi par un changement que je
ne prévois pas.

Je cherche dans ce moment à vous
excuser, et je comprends bien qu'une
religieuse n'est guère aimable d'ordinaire. Cependant, il semble que si
on était capable de raison dans les
choix qu'on fait, on devrait plutôt
s'attacher à elles qu'aux autres fem-

muito escrupulo de pôr o mais infimo
de todos no estado de miseria a que
me reduziste; e ainda que eu nenhuma
obrigação tenha de poupar-te, não
poderia resolver-me a exercitar sobre
ti huma vingança tão cruel, no caso
mesmo que ella dependesse de mim,
por huma mudança que não prevejo.

Procuro actualmente de desculpar-
te, e comprehendo perfeitamente que
huma Religiosa he em geral pouco
amavel. Comtudo parece que, se os
homems fossem susceptiveis de ra-
zaõ nas escolhas que fazem, deveriam antes namorar-se dellas do que
das outras mulheres. Nada as estorva
de pensar constantemente na sua
paixão; nenhuma das mil cousas que

mes. Rien ne les empêche de penser incessamment à leur passion : elles ne sont pas détournées par mille choses qui dissipent et qui occupent dans le monde. Il me semble qu'il n'est pas fort agréable de voir celles qu'on aime, toujours distraites par mille bagatelles ; et il faut avoir bien peu de délicatesse pour souffrir, sans en être au désespoir, qu'elles ne parlent que d'assemblées, d'ajustements et de promenades. On est sans cesse exposé à de nouvelles jalousies ; elles sont obligées à des égards, à des complaisances, à des conversations. Qui peut s'assurer qu'elles n'ont aucun plaisir dans toutes ces occasions, et qu'elles souffrent toujours les soins

no seculo servem de occupação, e
divertimento, as distrahem. Parece-
me que não deve ser muito agradavel
ver as Damas que amam, sempre
distrahidas por mil bagatelas, e que
he preciso ter bem pouca delicadeza,
para soffrer, sem huma desesperada
impaciencia, que ellas fallem tão somente de assembleas, atavios, e pas-
seios.... Elles estão expostos incessan-
temente a novos ciumes, sendo ellas
obrigadas a obsequiosas attenções, a
complacencias, e conversações infinitas. Quem pode assegurar-se de que
em todas estas occasiões não sentem
algum deleite, e de que supportam
sempre todos os deveres de seu estado
com extremo enojo e nenhum con-

de leurs maris avec un extrême dégoût et sans aucun consentement ? Ah ! qu'elles doivent se défier d'un amant qui ne leur fait pas rendre un compte bien exact là-dessus, qui croit aisément et sans inquiétude ce qu'elles lui disent, et qui les voit avec beaucoup de confiance et de tranquillité soumises à tous ces devoirs !.....

Mais je ne prétends pas vous prouver par de bonnes raisons, que vous deviez m'aimer ; ce sont de très-mauvais moyens, et j'en ai employé de beaucoup meilleurs qui ne m'ont pas réussi. Je connais trop bien mon destin pour tâcher à le surmonter...... je serai malheureuse toute ma vie !.... Ne l'étais-je pas en vous voyant tous

sentimento?... Ah! quanto devem ellas desconfiar de hum amante, que
lhes não pede contas bem exactas de
tudo, que acredita facilmente, sem
inquietação, quanto ellas lhe dizem,
e que com muita confiança, e tran-
quilidade as vê sujeitas a todas estas
obrigações!

Mas não pertendo provar-te com
boas razões que devias amar-me :
estes meios são pessimos, e outros
muito melhores empreguei eu, que
me não aproveitaram. Conheço demasiadamente qual he a força do meu
destino, para diligenciar supera-lo;...
hei-de-ser infeliz toda a minha vida!...
Não o era eu quando te via todos os
dias? Morria de susto de que não me

les jours?..... Je mourais de frayeur
que vous ne me fussiez pas fidèle;
je voulais vous voir à tout moment,
et cela n'était pas possible : j'étais
troublée par le péril que vous cou-
riez en entrant dans ce couvent; je
ne vivais pas lorsque vous étiez à
l'armée; j'étais au désespoir de n'ê-
tre pas plus belle et plus digne de
vous; je murmurais contre la médiocrité de ma condition; je croyais
souvent que l'attachement que vous
paraissiez avoir pour moi, vous pourrait faire quelque tort; il me semblait que je ne vous aimais pas assez; j'appréhendais pour vous la
colère de mes parents, et j'étais
enfin dans un état aussi pitoyable

fosses fiel; queria ver-te a cada instante, o que não era possivel; perturbava-me o perigo a que te arriscavas, entrando neste convento;... não vivia quando estavas no exercito; desesperava por não ter mais formosura, e ser mais digna de ti;... murmurava contra a mediocridade da minha condição; imaginava muitas vezes que o amor, que parecias ter por mim, poderia de algum modo prejudicarte; julgava, a meu parecer, que não te amava sufficientemente; atemorisava-me a ira dos meus Parentes contra ti; e estava emfim em hum estado tão lastimoso como aquelle em que presentemente me acho.

Se me tivesses dado algumas provas

qu'est celui où je suis présentement.

Si vous m'eussiez donné quelques
témoignages de votre passion depuis
que vous n'êtes plus en Portugal,
j'aurais fait tous mes efforts pour en
sortir; je me serais déguisée pour
vous aller trouver. Hélas! qu'est-ce
que je fusse devenue, si vous ne vous
fussiez plus soucié de moi, après que
j'eusse été en France? Quel désordre! quel égarement! quel comble
de honte pour ma famille, qui m'est
si chère depuis que je ne vous aime
plus!

Vous voyez bien que je connais
de sang-froid qu'il était possible que
je fusse encore plus à plaindre que

da tua paixão, depois que estás ausente de Portugal, teria feito todos os esforços para sahir tambem delle, e disfarçada em outros trajos, ir encontrar-me comtigo.... Ai! que teria sido de mim se depois de chegar à França tu alli de mim nenhum caso fizesses? Que desordem!... Que desatino!... Que cumulo de vergonha para a minha familia, que tão chara me he depois que não te amo!

Bem vês que, a sangue frio, conheço que era possivel chegar a ser ainda mais miseravel, e mais digna de commiseração do que o sou, e que ao menos te fallo huma vez na vida, de bom siso.... Quanto a minha moderação te será grata! Quanto ficarás

je ne suis; et je vous parle au moins raisonnablement une fois dans ma vie. Que ma modération vous plaira! et que vous serez content de moi! Je ne veux point le savoir; je vous ai déja prié de ne plus m'écrire, et je vous en conjure encore.

N'avez-vous jamais fait quelque réflexion sur la manière dont vous m'avez traitée? Ne pensez-vous jamais que vous m'avez plus d'obligation qu'à personne du monde? Je vous ai aimé comme une insensée. Que de mépris j'ai eu pour toutes choses ! Votre procédé n'est point d'un honnête homme. Il faut que vous ayez eu pour moi de l'aversion naturelle, puisque vous ne m'avez

contente de mim!... Não quero sabe-
lo:... já te pedi de não tornar a escrever-me, e de novo te supplico com a
maior instancia o mesmo.

Acaso nunca fizeste alguma reflexão
sobre o modo por que me tens tra-
tado? Não te vem ao pensamento jamais as muitas obrigações que me
deves, com preferencia a todas as
pessoas do mundo? Amei-te como
huma louca!.... Que desprezo tinha
para todas as cousas!... O teu procedimento não he de hum homem hon-
rado... A não teres tido aversão natural para mim, era forçoso que me
amasses descomedidamente. Deixei-
me encantar por qualidades muito
mediocres!... Que obraste tu jamais

pas aimée éperdument. Je me suis laissé enchanter par des qualités bien médiocres. Qu'avez-vous fait qui dût me plaire? quel sacrifice m'avez-vous fait? n'avez-vous pas cherché mille autres plaisirs? avez-vous renoncé au jeu et à la chasse? n'êtes-vous pas parti le premier pour aller à l'armée? n'en êtes-vous pas revenu après tous les autres? Vous vous y êtes exposé follement, quoique je vous eusse prié de vous ménager pour l'amour de moi. Vous n'avez point cherché les moyens de vous établir en Portugal, où vous étiez estimé: une lettre de votre frère vous en a fait partir sans hésiter un moment; et n'ai-je pas su que, durant le voyage, vous

que houvesse de agradar-me?... Que
sacrificios me fizeste?... Não correste
apoz mil divertimentos?... Desconti-
nuaste por ventura o jogo e a caça?...
Não foste tu o primeiro a partir para
o exercito?... Não foste o derradeiro
a de lá voltar?... Expuzeste ali louca-
mente a tua vida, a pezar de haver-te
rogado tanto, de a poupar por amor
de mim :... não procuraste com dili-
gencia os meios de estabelecer-te em
Portugal aonde eras estimado : huma
carta de teu irmão decidio-te a partir,
sem a menor hesitação; e não sube
eu que durante a viagem conservaste
a mais alegre disposição?

Forçoso he o confessar que tenho
obrigação de aborrecer-te mortal-

avez été de la plus belle humeur du monde?

Il faut avouer que je suis obligée à vous haïr mortellement. Ah! je me suis attiré tous mes malheurs. Je vous ai d'abord accoutumé à une grande passion avec trop de bonne foi, et il faut de l'artifice pour se faire aimer; il faut chercher avec adresse les moyens d'enflammer, et l'amour tout seul ne donne point de l'amour.

Vous vouliez que je vous aimasse; et comme vous aviez formé ce dessein, il n'y a rien que vous n'eussiez fait pour y parvenir. Vous vous fussiez même résolu à m'aimer, s'il eût été nécessaire; mais vous avez connu que vous pouviez réussir dans votre

mente. Ah! eu mesma careei todas as minhas disgraças.... Acostumei-te logo no principio a huma grande paixão com demasiada candideza; e he necessario artificio para ser amada; he necessario procurar com destreza os meios de inflammar : o amor por si só não chama amor.

Pretendias que eu te amasse, e como tinhas formado este designio, estavas resoluto a empregar todos os expedientes para conseguir o teu intento, até mesmo a amar-me devéras, se necessario fosse : mas cedo conheceste que podias sahir bem da empreza, sem te deixar levar de amor por mim, e que esta paixão era escusada. Que perfidia!... Cuidas tu que podeste

entreprise sans passion, et que vous n'en aviez aucun besoin. Quelle perfidie! Croyez-vous avoir pu impunément me tromper? Si quelque hasard vous ramenait en ce pays, je vous déclare que je vous livrerais à la vengeance de mes parents.

J'ai vécu long-temps dans un abandon et dans une idolâtrie qui me donnent de l'horreur, et mes remords me persécutent avec une rigueur insupportable. Je sens vivement la honte des crimes que vous m'avez fait commettre; et je n'ai plus, hélas! la passion qui m'empêchait d'en connaître l'énormité. Quand est-ce que mon cœur ne sera plus déchiré? quand est-ce que je serai délivrée de cet em-

impunemente enganar-me?... Decla-
ro-te que se por algum acontecimento
fortuito voltares a este paiz, eu mesma
te entregarei á vingança dos meus
Parentes.

Vivi muito tempo em hum abandono, e em huma idolatria que me
horrorisam, e os meus remorsos per-
seguem-me com hum rigor insupportavel. Sinto vivamente a vergonha dos
crimes que me fizeste commetter, e
falta-me, ai de mim! a paixão que
me estorvava o conhecimento da enor-
midade delles...... Quando deixará o
meu coração de ser dilacerado?....
Quando me verei eu livre deste em-
baraço cruel?.... Comtudo creio que
não te desejo mal algum, e que me

barras cruel? —Cependant, je crois
que je ne vous souhaite point de mal,
et que je me résoudrais à consentir
que vous fussiez heureux ; mais comment pourrez-vous l'être, si vous avez
le cœur bien fait ?

Je veux vous écrire une autre lettre, pour vous faire voir que je serai
peut-être plus tranquille dans quelque temps. Que j'aurai de plaisir à
pouvoir vous reprocher vos procédés injustes, après que je n'en serai
plus si vivement touchée; et lorsque
je vous ferai connaître que je vous
méprise, que je parle avec beaucoup
d'indifférence de votre trahison, que
j'ai oublié tous mes plaisirs et toutes
mes douleurs, et que je ne me sou-

resolveria a consentir que fosses feliz;... mas como poderás tu se-lo jamais, se tens hum bom e bem formado
coração?

Quero escrever-te outra carta para
mostrar-te que poderei talvez estar
mais tranquilla dentro d'algum tempo.
Que gosto será o meu de poder então
lançar – te em rosto os teus iniquos
procedimentos, depois que estes já
me não causarem commoção, e de
dar-te a conhecer, que te desprézo,
que fallo com a maior indifferença da
tua traição, que esqueci todos os meus
prazeres, e todas as minhas penas, e
que só me lembro de ti, quando muito
quero lembrar-me.

Convenho em que tens grandes

10.

viens de vous que lorsque je veux
m'en souvenir!

Je demeure d'accord que vous avez
de grands avantages sur moi, et que
vous m'avez donné une passion qui
m'a fait perdre la raison ; mais vous
devez en tirer peu de vanité. J'étais
jeune, j'étais crédule : on m'avait enfermée dans ce couvent depuis mon
enfance ; je n'avais vu que des gens
désagréables ; je n'avais jamais en-
tendu les louanges que vous me don-
niez incessamment : il me semblait
que je vous devais les charmes et la
beauté que vous me trouviez, et dont
vous me faisiez apercevoir : j'enten-
dais dire du bien de vous ; tout le
monde me parlait en votre faveur :

ventagems sobre mim, e que me in-
spiraste huma paixão, que me fez
perder todo o siso, mas pouco deves
vãagloriar-te disto.... Era joven, era
credula, tinham-me encerrado desde
a infancia neste convento; aqui não
tinha visto senão gente desagradavel;
jamais tinha ouvido os louvores que
me davas continuadamente; parecia-
me que te devia os attractivos, e a
belleza que dizias admirar em mim,
e que me fazias conhecer; ouvia dizer
muito bem de ti; todos me fallavam
em teu favor, tu fazias tudo para es-
pertar o amor...; mas emfim quebrei
este encanto;... verdade he que me
déste poderosos auxilios, e confesso
que delles tinha extrema necessidade.

vous faisiez tout ce qu'il fallait pour me donner de l'amour. Mais je suis enfin revenue de cet enchantement; vous m'avez donné de grands secours, et j'avoue que j'en avais un extrême besoin.

En vous renvoyant vos lettres, je garderai soigneusement les deux dernières que vous m'avez écrites; et je les relirai encore plus souvent que je n'ai lu les premières, afin de ne retomber plus dans mes faiblesses. Ah! qu'elles me coûtent cher, et que j'aurais été heureuse, si vous eussiez voulu souffrir que je vous eusse toujours aimé! Je connais bien que je suis encore un peu trop occupée de mes reproches et de votre infidélité:

Ao remeter-te as cartas que tinha tuas, guardarei cuidadosamente as duas ultimas, e as tornarei a ler ainda mais vezes do que li as primeiras, como preservativo de recair nas minhas fraquezas. Ah! quanto estas me custam caro, e quanto teria sido feliz, se houvesses querido soffrer que eu te amasse sempre!... Conheço mui bem que ainda com alguma demasia attendo á tua infidelidade, e ás minhas arguições queixosas; mas recorda-te que eu me tenho promettido hum estado mais socegado, e que hei-de alcança-lo, ou hei-de tomar contra mim alguma resolução violenta, cujo exito apprenderás sem muito disprazer:... mas de ti nada mais quero...

mais souvenez-vous que je me suis
promis un état plus paisible, et que j'y
parviendrai, ou que je prendrai contre moi quelque résolution extrême,
que vous apprendrez sans beaucoup
de déplaisir..... Mais je ne veux plus
rien de vous; je suis une folle de
redire les mêmes choses si souvent.
Il faut vous quitter, et ne plus penser à vous; je crois même que je ne
vous écrirai plus; suis-je obligée de
vous rendre un compte exact de tous
mes divers mouvements?

FIN.

Sou huma insensata em repetir-te as mesmas cousas tantas vezes :..... he necessario deixar-te, e desviar de ti para sempre o pensamento : Creio mesmo que não tornarei a escrever-te.... Acaso tenho obrigação de dar-te exacta conta de todos os diversos movimentos do meu coração?

FIM.

ERRATA.

Pag. 55, lign. 3, probabilite, *lisez* probabilité;
   55,   4, dition, *lisez* édition.
   157,   4, corazão, *lisez* coração.
   157,   12, de, *lisez* e de.
   167,   4, tenar, *lisez* tenaz.
   167,   12, mas, *lisez* mal.
   187,   7, reflexòes, *lisez* reflexòes.
   187,   15, agitaçòes *lisez* agitações.
   191,   4, ajudon, *lisez* ajudou.
   191,   12, protestaçoes, *lisez* protestações.

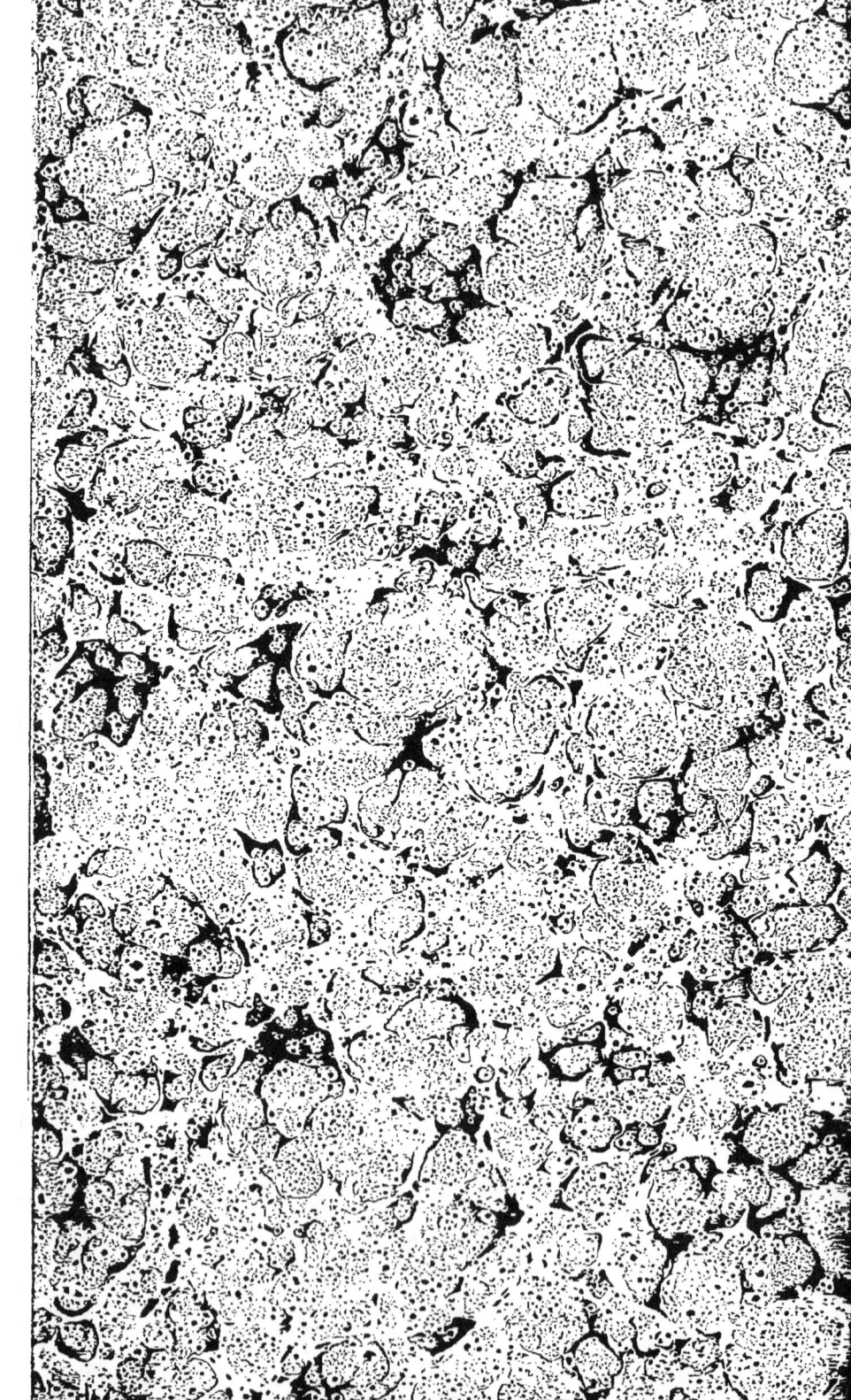

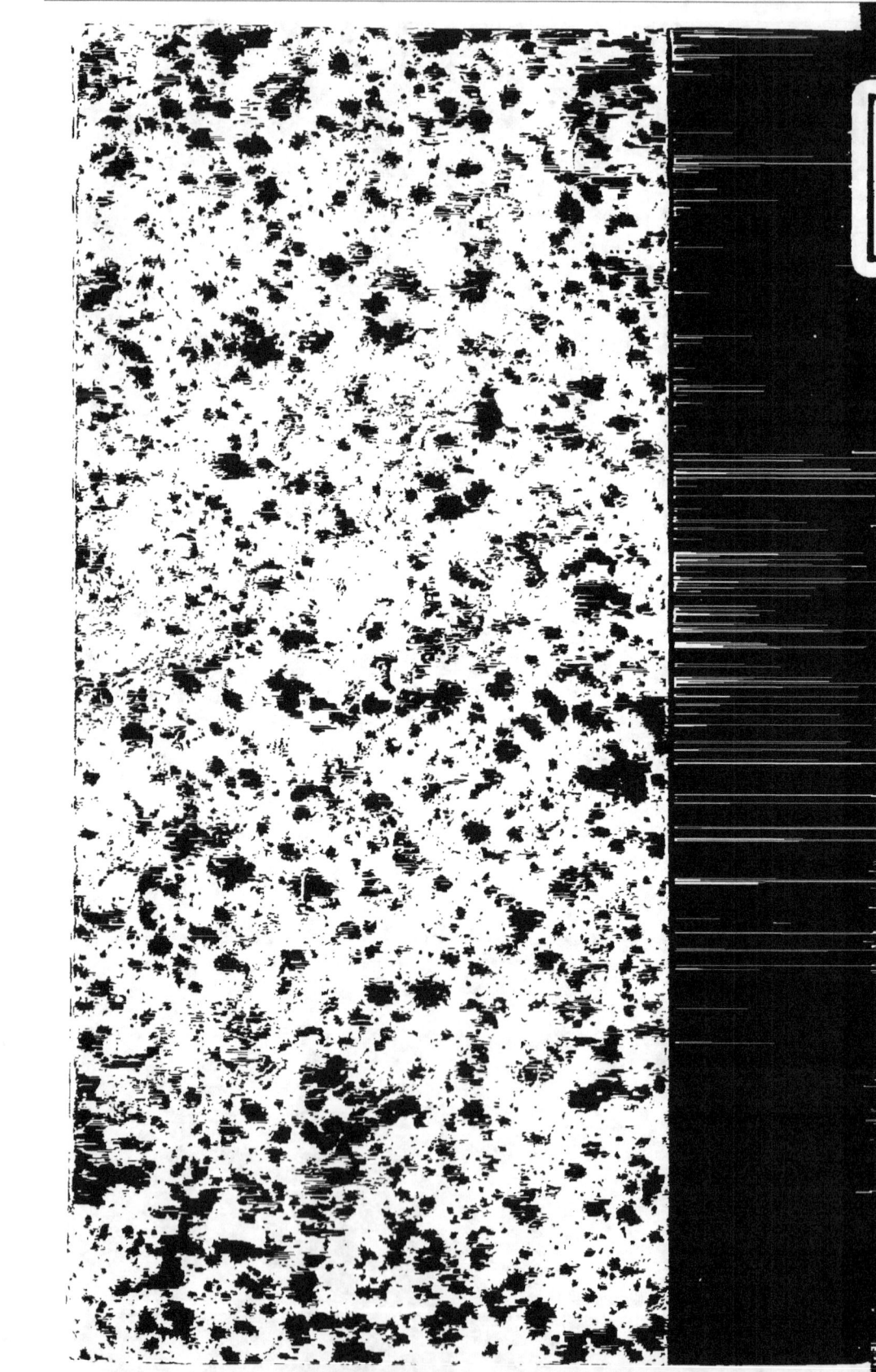

www.ingramcontent.com/pod-product-compliance
Lightning Source LLC
Chambersburg PA
CBHW061443030726
47503CB00005B/1550